나는
여행에서
또 다른
인생을
찾았다

나는 여행에서 또 다른 인생을 찾았다

초 판 1쇄 2020년 03월 24일

지은이 나교
펴낸이 류종렬

펴낸곳 미다스북스
총괄실장 명상완
책임편집 이다경
책임진행 박새연 김가영 신은서
본문교정 최은혜 강윤희 정은희 정필례

등록 2001년 3월 21일 제2001-000040호
주소 서울시 마포구 양화로 133 서교타워 711호
전화 02) 322-7802~3
팩스 02) 6007-1845
블로그 http://blog.naver.com/midasbooks
전자주소 midasbooks@hanmail.net
페이스북 https://www.facebook.com/midasbooks425

ISBN 978-89-6637-775-6 03810

값 **15,000원**

🚶 **미다스북스**는 다음세대에게 필요한 지혜와 교양을 생각합니다.

나는 여행에서 또 다른 인생을 찾았다

나교 지음

미다스북스

방황은 치열한 노력의 흔적이다

누구나 한번쯤은 희망 없이 방황했던 과거가 있을 것이다. 가슴에 응어리져 풀리지 않은 과거의 실마리들을 풀어 나름 소소하고도 진심어린, 서툰 솜씨로 글을 써내려가려 한다. 백지 한 장의 작은 행동력으로 나는 '그냥' 움직이기 시작했다. 독서와 거리가 멀었던 나는 더 나은 삶을 위해 책을 읽기 시작했고 정보력을 키우려 부단히 노력했으며, 여행을 통해 내면을 성장시키기로 선택했다. 20대에 이루고 싶었던 버킷리스트를 이제야 하나둘씩 지울 수 있게 되어 너무 기쁘다.

최근에 유난히 아동학대 이슈가 많았던 것 같다. 이 책 속에도 과거 아동학대를 당했던 상처 입은 사람이 등장한다. 조금씩 마음을 비우고 용서하기까지 많은 과정이 필요했다. 수없이 넘어지고 상처받았던 나의 어린 시절에 겪었던 스토리를, 이 세상을 밝고 즐겁게 살아가려고 했던 한 사람의 이야기를, 결국 여행이라는 콘텐츠로 변화된 나의 삶을 적었다. 모든 사람들 앞에서 나를 솔직하게 표현하고 내면적 성장을 이루어 더 편안하게 살고 싶었다.

어두운 인생을 벗어나 홀로 꿋꿋이 살아가는 법을 알아가는 과정, 20개국을 여행하며 즐겁고 재미난 인생을 살아가는 시간들을 담았다.

흐르는 강물을 거꾸로 거슬러 오르는 힘찬 연어처럼, 진짜 강한 사람이 되어보려 발버둥치는 사람들이 많다.

자신의 길을 찾기 위해 다양한 시도를 해보며, 산전수전 안 겪어본 게 없었던 과거를 청산하고 어둠 속에서 나와 의미 있는 삶을 살고 싶어 하는 이들….

축복 속에서 자라지 못하고 늘 처음 겪어보는 일투성이인 인생에서 실수도 많았을 것이다. 그들은 과거에 술이나 유흥 등에 무의미하게 시간을 보내거나 일탈을 원했을 수도 있다.

방황을 겪는 것은 너무나 자연스러운 일이다. 게으르고 방탕하며 아무 노력도 하지 않는 방황은 사람을 우물 안의 개구리로 만들지만 치열한 노력과 수많은 경험이 함께하는 방황은 인생을 더 빛나고 고귀하게 만들어준다. 이런저런 일들 없이 안정적으로, 그저 평범하고 평탄하게 살아가는 이들은 깊이 있는 지혜와 발전을 얻기 어려울 수도 있을 것이다.

새로운 길을 찾아 나서려는 삶은 처음엔 항상 고통이 따른다. 한 단계씩 벽을 부수고 아파도 보고, 다쳐서 상처 난 경험을 하다 보면 고통은 내 인생에 엄청난 혁명을 가져다준다. 어릴 적 시련 속에서 힘들었던 나의 내면은 세상에 미숙하게 반항했다. 이제 나는 자신을 용서하기 위해 여행의 길을 걸으며 큰 깨달음을 얻었다. 나처럼 지극히 평범한 사람도 충분히 즐겁고 빛나는 인생을 찾아 만들어갈 수 있다는 깨달음을!

우리에게는 치열하게 고민하고, 고통도 겪어보고, 산전수전 겪어보며, 많이 즐겨도 보고 놀아 보는 것은 반드시 필요하다. 방황하는 이 모든 것들이 다 피가 되고 살이 되는 경험이 된다. 여러 경험치가 쌓이고 쌓여서 내 인생의 밑거름이 되고 깊이 있는 지혜가 된다. 나 자신에게 기회를 주고 세상과 열린 마음으로 소통을 하다 보니, 가슴속에 응어리를 풀고 싶은 상처받은 이들을 위해 따뜻한 글을 쓰고 싶다는 생각이 들었다.

여행을 떠난 일은 정말 축복이었다. 잠시 멈추고 나를 사랑하는 시간을 가질 수 있었다. 지금의 내가 이 세상에 살아 존재할 수 있는 힘을 주었다. 이를 통해 나를 더 단단하게 만들어주신 나의 부모님께 무한한 사랑과 깊은 감사를 보낸다. 그리고 진정으로 사랑이 필요한 이들이 이 책을 통해 조금이나마 위로를 받고 용기와 힘을 얻기를 간절히 바란다.

2020년 3월 나교

차례

4장 남는 게 사진뿐인 여행을 피하는 기술

5장 진짜 삶을 살고 싶다면 여행을 떠나라

1 장

여행을 떠나기 전에 몰랐던 것들

01

착한 아이 콤플렉스

신데렐라 스토리를 기억하는가? 신데렐라 이야기의 첫 등장부터 심상치 않은 사람은 바로 계모다. 아빠가 살아 있지만 계모는 신데렐라를 박대한다. 아빠를 사랑하는 마음이 가득했던 착한 신데렐라는 아빠를 생각하면서 보이지 않는 어둠 속에서 시련을 견디며 하루하루를 보낸다. 나에게도 계모가 있었다. 내가 6살 되는 무렵, 부모님은 이혼했다. 그리고 새엄마를 만났다. 황금빛 갈색의 머리, 새빨간 손톱의 여자가 아빠 차에 타고 있는 모습을 잊을 수 없다. 그 후 나의 어린 시절은 현대판 착한 신데렐라의 스토리가 시작되었다. 어린아이는 새엄마에게 사랑받기 위해 몸부림쳤다.

"나갔다 올 테니까 청소 깨끗이 해놔~."

작은 고사리 같은 손으로 차가운 물에 걸레를 헹궈가며 방 3개와 거실 바닥을 열심히 매일 청소했다. 그리고 검사도 받았다. 새엄마는 내가 청소한 곳을 손가락으로 훑고는 이렇게 말했다.

"이 먼지 뭐야! 미친년아! 청소 똑바로 못 해?"

내 기억 속 새엄마는 참으로 무서운 존재였다. 어느 날, 밖에 나갔다가 새엄마 얼굴을 봤는데 나도 모르게 숨어버렸다. 그걸 본 새엄마는 집에 돌아온 나에게 "야, 이년아, 나를 보고 숨어?"라고 소리 지르며 책상 위에 올려져 있었던 빠닥빠닥하게 세탁된 청바지로 나를 미친 듯이 때렸다. 정말 너무 아팠다. 청바지가 그렇게 아픈 도구인지 그때 난 처음 알았다. 정말 아팠다. 아직도 그 아픔을 잊을 수 없다. 장롱 사이에 처박혀 너무 아프지만 계속 맞아야했다. 그때 나이는 9살, 난 힘이 없었다. 나를 도와줄 사람은 아무도 없었다. 조용히 울 수밖에…. 내가 할 수 있는 건 하늘에 기도하는 것뿐이었다. 죽을 것 같다고, 살려달라고….

"개 갈보 밑에서 나온 더러운 년!"
"너희 아빠 아니면 너네는 고아원에 가야 돼! 미친년아!"

어린아이가 듣기엔 아주 잔인한 말이었다. 정신적으로 육체적으로 너무 버거운 나날이었다. 눈물만 흘렸다. '내가 왜 이런 말을 들어야 하지? 나도 엄마 사랑받고 살고 싶은데….' 구타가 매우 잦았다. 하루하루가 불안했다. 하지만 나는 생각했다.

'또 뭔가를 잘못하면 새엄마가 때리겠지? 그래도 난 새엄마한테 잘 보일 거야. 우리 아빠가 엄마니까 잘하라고 했어.'

새엄마 생일인데 9살 꼬마는 돈이 없었다. 그래도 조금씩 모아둔 돈으로 내 눈엔 참 예쁜 지갑을 선물했다. 기뻐하는 척이라도 해주실줄 알았다. 그런데 새엄마는 바로 던져버리며 소리 질렀다.

"난 이딴 거 안 써. 이년아! 이런 병신 같은 걸 들고 와서 선물이라고?"

새엄마를 위해 어렵게 준비한 것이었는데…. 너무 눈물이 났다.

'난 엄마한테 사랑받고 싶은데 왜 미움받아야 할까? 내가 또 잘못한 거구나.'

순수한 어린아이의 가슴에 못이 박히던 일상이었다. 아빠와 새엄마와 잦은 싸움. 난 잘 수가 없다. 또 머리끄덩이 잡혀 거실로 끌려갈 수도 있으니까. 내가 나쁜 짓했다고 이간질하는 새엄마를 난 이해할 수 없었지만 한마디 말도 못하고 나는 울기만 했다.

나는 조금씩 단단해져 갔다. 아빠에겐 힘들다는 표현조차 하지 않았다. '나 아무렇지 않아요, 이게 운명인가 봐요.' 그러면서 매일 자기 전에 고사리 같은 손을 모아 하루도 빠짐없이 기도했다.

"하나님, 부처님, 저 꼭 행복하게 해주세요. 꼭 행복하게 해주셔야 해요. 꼭!"

어떻게든 상처를 받지만, 그 상처를 씻어내야 새살이 돋는다. 난 그 상처를 씻어내기 위해 정말 많은 노력을 했다. 나는 상처를 이겨내기 위해 나 자신에게 혼자 말을 했다.

'난 괜찮아! 잘 버틸 수 있어!'

사랑하며 사는 일이 그토록 힘이 드는 일인지 몰랐다. 따뜻하고 다정한 부모님을 만나 사랑받고 사는 게 그토록 어려운 일일 줄이야. 난 그 흔하다는 엄마의 사랑이 너무 고팠다. "우리 딸~"이라는 소리 한 번 들어보는 게 소원이었다. 학교에서 돌아오면 "우리 딸~ 수고했어! 뭐 먹고 싶은 거 있어?"라는 소리를 단 한 번이라도 듣고 싶었다.

내가 학교에서 돌아오면 우리 집 현관문은 늘 잠겨 있었다. 나에게는 열쇠를 주지 않기 때문에 아파트 계단에서 늘 기다려야 했다. 새엄마는 가정주부였다. 그런데 어릴 적 나는 늘 계단에 쭈그리고 앉아 벌벌 떨며 새엄마를 기다려야 했다. 겨울엔 정말 너무 춥고 배고팠다. 5시간이고 6시간이고 그 이상을 기다린 적이 허다했다. 소변이 마려우면 상가를 이용했다. 중학생이었던 오빠가 학교가 끝나고 돌아오면 계단에 나란히 앉아 기다렸다. 차가운 계단이 지긋지긋했다. 잠이 오면 계단에 엎드려 졸기도 했다. 그리고 새엄마가 오면 군소리 없이 "다녀왔습니다." 하고 조용히 들어갔다.

어찌 보면 오빠랑 나는 참 인성이 착하게 태어났나보다. 한참 어리광 부리고 싶었을 텐데 얌전히 새엄마 눈치나 보며 입 다물고 조용히 살아 갔으니 '죄인이 감방에 사는 것'과 같은 기분이었다. 아빠한테 힘들다고 말 한마디라도 해보았으면 달라졌을까?

나는 유일한 내 피붙이인 오빠와 나는 같은 방을 썼다. 우린 각자 방을 쓰지 못했다. 한창 사춘기가 올 시절이었으니 짜증도 많이 나고 호르몬 영향으로 몸과 마음에 여러 가지 큰 변화가 동시에 일어났을 것이다. 하지만 짜증 한 번 내지 않은 나와 오빠를 생각하면 참 대견스럽다는 생각이 든다.

나는 그때 다짐했다. 어른이 되면 성장기의 어려움을 겪는 학생들에게 희망을 줄 것이라고…. 사춘기 시절은 인생의 가장 중요한 때라 생각한다. 늘 관심을 가지고 지켜봐주는 누군가의 사랑이 필요하다. 그 어느 누구보다 부모님의 따스한 손길이 필요한 그 시절, 나는 그 어린 시절부터 비우고 내려놓는 연습을 반복했다.

특히 사춘기 시절 여자아이에게는 엄마의 손길이 더욱이 필요하다. 하지만 빨래를 해주는 것도 새엄마는 무척이나 귀찮아했다. 나는 속옷도 눈치 보며 세탁실에 놓아두어야 하는 상황이었다. 눈치 보는 게 정말 지긋지긋했다. 케어가 필요한 여자아이를 혼자 대중목욕탕에 보냈다. 엄마랑 함께 목욕하는 친구가 늘 부러웠다. 당시까지만 해도 난 새엄마가 밉지 않았다. 난 그게 운명이라고 생각했으니까. 어쩔 수 없는 상황을 오빠랑 난 애써 웃으며 그냥 받아들이기로 했다.

"우린 태생부터가 잘못된 거야. 우린 잘못 태어났어!"

따뜻한 손길과 사랑이 아니지만 미움과 구타로 만족해야 했다. 맞는 걸 즐겨보기로 했다. 오로지 새엄마의 사랑을 받기 위해 구걸하는 순수한 작은 꼬마로 살아야 했으니까.

　매일매일 행복해지고 싶은 것보다 매 순간 불안하게 살지 않길 바라는 맘, 넘치게 사랑받고 싶다는 욕심이 자라기보다는 따뜻한 손길 하나만으로도 더 감사하며 살 수 있을 것 같은 맘이 컸다. 그 바램 하나로 버티고 또 버텼다. 오로지 깡 하나로.

　나의 어린 시절은 빛나지도 아름답지도 않았다. 여리고 순수했던 착한 아이가 받는 상처만 늘어갔고 원망만 커졌다. 싸대기 맞기는 일쑤였고 맨날 머리 쥐어뜯기는 건 지긋지긋했다. 머리끄덩이 잡히는 게 싫어 스포츠머리로 확 밀어버리기까지 했다. 겨울이 되면 머리가 너무 시리다. 밤톨머리. 육체적인 고통에서 끝나면 그나마 감사했을까? 치욕스런 욕설은 정말 감당하기 힘들었다.

　'언제쯤 끝이 날까? 자유롭고 싶다. 진정 자유롭고 싶다. 언제쯤 이 고통에서 해방될까….'

　오빠와 나를 버리고 간 친엄마에 대한 원망까지 커졌다.

힘든 일이 있었나요? 슬픈 일이 있었나요?

그 일로 인해 삶이라는 학교는 분명 나에게 어떤 큰 가르침을 주려 했을 것입니다.

그것이 무엇인지 절대로 서두르지 말고 천천히 살펴봐야 해요.

- 혜민 스님 -

02

비우고 내려놓는 연습

    새엄마가 보증을 잘못 서서 우리 집이 순식간에 없어졌다. 고의는 아니었을 것이다. 매일 우리 집은 빚쟁이들의 전화에 시달렸고 그들은 집으로 찾아와 새엄마를 찾았다. 그럴 때마다 새엄마는 숨었고 나에게 거짓말을 시켰다.

    이후 우리는 작은 집으로 이사를 가게 되었다. 짐이 수북하게 쌓인 작은 집에서 중학생 시절을 보냈다. 작은 내 몸 하나 눕기 힘든 작은 방에서 난 더 답답함을 느꼈다. 이전보다 더 교도소 같은, 지긋지긋한 집이었다. 그쯤, 사춘기가 시작되었고 집에 일찍 들어가면 나를 미워하는 새엄마와 함께 있는 게 죽기보다 싫었다. 당시 새엄마는 내 눈에 진정한 계모였다. 더 이상 계모에게 사랑받기 위해 구걸하고 싶지 않았다.

난 방황하기 시작했다. 따뜻한 사랑이 절실했다. 내 답답함을 알아줄 누군가 필요했다. "계모 때문에 나 너무 힘들어." 속 시원히 말하고 싶었다. 입 문턱까지 수백 번, 수천 번 올라왔지만 말할 수 없었다. 그 말이 왜 그리 힘들었을까?

이런 스트레스로부터 도피하기 위해 무심코 시작해버린 것들이 있다. 호기심으로 시작했지만 어느새 없어서는 안 될 중독으로 빠져버렸다. 학교가 끝나면 친구들과 오락실, 커피숍, 당구장, 술집에 가는 게 일상이였고 주말엔 클럽에 갔다. 그곳에서는 마음이 편했고 그 순간만큼은 자유였다. 눈치 보지 않아도 됐다. 긴장을 풀고 나를 놓아버릴 수 있는 시간. 그것이 나의 유일한 낙이었다.

가끔은 진정이 안 되는 정서 불안증에 술잔을 던지며 펑펑 울기도 했다. 그렇게 놀면서 가끔 나를 걱정하는 친구들은 이렇게 물었다.

"너희 엄마, 솔직히 새엄마지?"
"으응? 아니야."

난 얼버무렸다.

"오늘 집에 들어가서 또 맞으면 어떡해? 맨날 그렇게 맞고 살 거야? 아동학대로 신고하는 게 좋지 않을까?"

난 정말 몰랐다. 어떻게 하는 게 정답인지, 무엇이 이 상황을 이겨낼 수 있는 길인지. 머릿속이 혼란스러웠다. 지금 생각해보면 참 바보 같았다. 그냥 속 시원히 새엄마라고 말할걸. 혼자 끙끙댈 필요는 없었을 텐데. 단지 나도 엄마가 갖고 싶었을 뿐인데…. 그냥 그 마음을 지키고 싶었다.

맨정신으로는 집에 들어갈 수 없었다. 결국 정서 불안증에 시달리게 된 것 같다. 정서 불안으로 머릿속에 떠오르는 불안이나 공포가 바로 행동으로 표출되기 때문에 쉽게 산만하거나 불안한 모습을 보이게 됐다. 매사에 걱정이 많아지고 지나치게 불안해한다. 어린 시절의 정서는 성격 형성에 매우 큰 영향을 미친다고 한다. 가정불화 때문에 과격하거나 공격적인 성격이 표출되기도 한다. 그리고 나는 쉽게 잠들기 어려웠다. 늘상 놀다가 술을 먹고 집에 들어갔다. 맞을 거라는 것도, 내가 잘못하고 있는 것도 알지만 나는 아무 생각도 하고 싶지 않았다.

껌을 씹으면 술 냄새가 안 날 줄 알았다. 지금 생각해보면 참 어이없는 발상이다. 현관 앞에서 교복을 입은채 술 냄새를 풍기는 나를 향해 아빠는 연꽃 모양의 도자기를 과감하게 던져 버렸다. 머리에서 피가 철철 흘렀다. 피가 너무 많이 흐른 탓인지 머리가 어지러웠다. 현기증이 났다. 털썩 고개를 앞으로 숙여 바닥에 머리를 눕혔다. 티슈로 피가 흐르는 머리를 살짝 닦았다. 순식간에 티슈는 축축해졌다.

아빠마저 내 가슴에 못을 박았다. 반항심에 시작한 일탈이었지만 참 허무했다.

'사랑과 관심을 받고 싶은 딸의 마음을 진정 모르시는 걸까? 나는 왜 이렇게 살아야 하지? 나 계속 이렇게 살아야 해?'

눈 한쪽이 시퍼렇게 부어 멍 부위를 달걀로 열심히 마사지하며 등교했다. 이런 상황이 참으로 부끄럽고 지긋지긋했다. 내 가슴에 하나둘씩 채워져 가는 상처들을 훈장이라 생각하면 편안할까? 이젠 집에 들어가기가 두렵기만 했다. 구타와 욕설이 나를 정신병으로 몰고 가는 것만 같았다. 정말 미쳐버릴 것 같았다.

늘 친구 집에서 자게 되면서 외박이 잦아졌다. 외박한 다음 날 불안한 마음으로 집으로 조심스레 들어갔다. 또다시 폭언이 시작됐다. "야, 이 미친년아! 산부인과나 갔다 와!" 난 창녀가 된 기분이었다. 내가 더러운 여자가 된 것 같았다. 나는 아무 짓도 안 했는데 굳이 저런 말까지 해야 마음이 편할까? 너무도 치욕스러웠다. 정신적인 스트레스는 감당할 수 없을 정도였다. 정말 죽고 싶었다. 옥상에서 뛰어내리고 싶었다. 순간 욱하는 마음에 자살충동이 들었다.

부모라는 이름으로 자식을 사랑으로 품을 수 없다면 왜 이 세상에 태어나게 했을까. 하늘에게 진짜 묻고 싶었다. "왜 저를 세상에 보내주셨나요?" 책임지지 못할 상처만 주려고 아빠는 우리를 이곳까지 데려왔는지, 아빠를 원망했다. 그냥 차라리 고아원에 보냈다면 지금보다는 덜 아팠을 텐데 말이다. 아직은 너무 어리고 연약한 나에게 왜 이런 시련을 주시는지, 아빠를 붙들고 부탁하고 싶었다. 나를 안아달라고는 하지 않을 테니 아프게만 하지 말아 달라고….

그런 나에게는 꿈도 없었다. 아니 솔직히 살고 싶지도 않았다. 질풍노도의 시기에 세상은 너무도 차가웠다. 하지만 유일하게 버틸 수 있었던 건 내 곁에서 묵묵히 위로해준 친구들 덕분이었다. 지금 생각해보면 그 친구들이 있었기에 학창 시절을 무사히 잘 버틸 수 있었던 것 같다.

그 흔한 "엄마, 밥 줘!"라는 말을 할 수 있는 친구들이 너무도 부러웠다. 정말 아무것도 아닌데 말이다. 기억 속 나는 목이 말라도 물을 마시기 힘들었고, 배고파도 눈치 보면서 참아야 했다. 새엄마는 냉장고에 지문이 묻는 게 싫다고 말했다. 정말 그게 싫은 건지 우리가 방 안에서 나오는 게 싫은 건지…. 그냥 우리가 싫은 것이었을 것이다. 다른 여자 자식이라 싫었던 것이었다. 그래서 밥 해주는 것도 싫은 거였다. 우리는 집에서 똥개보다 못한 존재였다는 생각이 든다. 늘 들었던 말이 생각난다.

"개 갈보 밑에서 나온 더러운 년! 너희 엄마는 더러운 년이야."

난 아직도 그 말을 잊을 수 없다. 그래서 난 우리 엄마가 개 갈보인 줄 알았다. 머릿속에 담고 싶지 않은 단어들. 참 미웠다. 막말하는 어른들이. 우리를 버리고 간 엄마를 계속해서 증오하고 원망하며 두 번 다시는 만나지 않겠다고 다짐했다.

'자식들이 이렇게 힘들게 살고 있는지 친엄마는 알고 있을까?'

그땐 왜 그리 힘들었는지 모르겠다. 버티기 힘든 날들이 이어졌다. 어느 날, 차라리 집을 나가는 편이 낫겠다 싶어 가출을 했다. 절이 싫으면 중이 떠나라 했다. 그래도 교복과 책가방은 들고 나왔다. 호랑이굴에 들어가도 정신만 바짝 차리면 산다는 말을 되새기며 고등학교는 어떻게 해서라도 졸업하겠다고 다짐했다. 순수한 내 영혼을 더 이상 혼탁하지 않게 지켜낼 거라고 결심했다. 난 살아야겠다는 생각뿐이었다.

26살의 젊은 가수 설리는 자살을 했다. 본인의 잣대로 너무나 쉽게 타인에게 무례하게 굴고 너무나 쉽게 말하고 상처를 준 사람들 때문이다. 나 역시 나를 진심으로 걱정해주고 함께 울며 아파해준 그 친구들이 없었다면 내 인생을 쉽게 끝냈을지도 모른다. 참으로 고맙다. 난 부모 복은 없었지만, 내 주위엔 참 좋은 이들이 많으니 충분히 살 만하다고 여겼다.

'한두 사람의 비평에 상처받아 쉽게 포기할 수 없다. 난 악착같이 버틸 것이다. 용기 내어 지금 가고 있는 길 묵묵히 가리라.'

나는 그렇게 조금씩 마음을 비우고 내려놓기로 했다. '난 반드시 지혜로운 어른이 되겠다!' 혜민 스님 말씀이 생각난다.

"상대가 나를 칠 때 지혜로운 이는 굽힐 줄 압니다. 받은 대로 똑같이 치면 옳을 수는 있으나 똑같은 놈 취급당하며 주변 사람들의 마음을 얻지 못해요. 억울해도 참는 모습에서 그 사람의 진가가 드러납니다."

지금 처한 상황을 아무리 노력해도 바꿀 수가 없다면

그 상황을 바라보는 내 마음가짐을 바꾸세요.

그래야 행복합니다.

– 혜민 스님 –

나 홀로 21살 첫 여행

나에게는 꿈도 희망도 없었다. 공부도 싫고 하고 싶은 게 아무것도 없었다. 다람쥐 쳇바퀴 돌듯 무의미한 일상으로부터 과감한 탈출을 원했다. 그러던 어느 날 일본 나고야에 사는 이모에게 갑자기 연락이 왔다. 일본에 와서 공부도 하고 이모랑 함께 지내길 바란다는 이야기였다. 난 0.1초의 고민도 없이 "Yes!"라고 했다. 많이 외로우신가보다 싶었다. 어찌됐든 나에겐 황금 같은 소식이다.

나는 즉흥적으로, 필이 꽂히면 일을 저지르는 편이다. 고민하는 걸 상당히 귀찮아한다. 나의 장점이자 단점이다. 좋게 말하면 감정이 풍부한 것이고 반대로 말하면 다혈질 성향이 강한 것인데, 톡톡 튀는 성격이라고 할까? 긍정적인 에너지로 매사 힘이 넘치고 외향적이며 사교적이라 사람들에 대한 통찰력이 뛰어나다는 ENFP 유형이라 한다. 지루한 걸 참지 못하고 활발하지만 덜렁거리는 면이 있다. 소통하는 걸 좋아하고 그만큼 다른 사람 이야기도 잘 들어준다. 자유로움을 추구하고 내일 당장 여행 가자고 해도 여행을 떠날 것이다. 편안함, 익숙함과 이별해도 나는 좋다.

그렇게 나의 첫 일본 도전기가 시작되었다. 정말 일본어가 너무 배우고 싶었다. 일본어 학교를 다니기로 결정했고 바로 종로 유학학원에 가서 등록하고 절차를 밟았다. 몇 년 전부터 준비해왔던 것처럼 진행이 아주 순조롭게 이어졌다. 설렘과 동시에 약간의 걱정도 있었지만 낯선 땅에서 새로운 모험을 즐길 생각을 하니 뭐든 다 해낼 수 있을 것 같은 자신감이 더 많이 들었다. 그렇게 설렘으로 가득한 일본 학교생활이 시작되었다.

하지만 그 설렘도 잠시였다. 나는 여유롭게 학교만 다닐 수 있는 형편이 안 됐다. 돈을 벌어야 했다. 무작정 일본에서 함께 생활하게 된 이모는 나에게 학교를 다니며 이모 가게에서 알바를 하라고 제안했다. 일본에 오라고 한 목적은 우선 거기에 있었던 것 같다.

'역시 일할 사람이 필요했던 거구나….'

순간 내가 좋아했던 이모에 대한 믿음과 사랑이 한순간에 무너졌다. 그러나 나 스스로 위로하려고 애썼다. '그래도 내가 편히 지낼 수 있는 공간이 있다는 게 어디야.' 그렇게 나는 학교와 알바를 병행하며 일본 생활에 잘 적응해갔다.

그러나 이모와의 생활은 그리 순탄치만은 않았다. 뭔가 맘에 들지 않는 구석이 많은 듯했다. 어느 날 집에서 라면을 끓이라고 해서 나름 열심히 준비했는데 라면을 한강물로 만들어놨다며 미친 듯이 큰소리쳤고, 마시고 있던 맥주를 내 얼굴에 들이부었다. 난 죄인처럼 그대로 서있을 수밖에 없었다. 얼굴이 금세 당기고 쪼글쪼글해졌다. '맥주로 세수해볼 줄이야.' 그런 느낌은 난생 처음이다. 이모가 너무 무서웠다. 그리고 순간 새엄마가 나한테 했던 행동들이 스멀스멀 떠올랐다. 역시 그 언니의 그 동생인걸까? 똑같았다. 이모는 다를 줄 알았는데 너무 마음이 아팠다.

철부지였던 나의 21살, 타향살이가 그토록 서러울 줄 몰랐다. 이모만 믿고 온 낯선 일본 땅에서 난 끊임없이 나 자신과 싸우고 있었다. 일본어도 안 되고 일본 문화에 도무지 적응할 수가 없었다. 뭐든지 처음 겪는 것이고 그래서 신경이 날카로워지는 일이 태반이었다. 남 몰래 혼자 우는 게 일상이었다. 한 번도 경험해보지 못한 나라에서 난 너무 외로웠다. 당장이라도 한국에 돌아가고 싶은 마음뿐이었다.

하지만 이대로 포기하고 가기엔 나 자신이 너무 비겁해 보였다.

'나 혼자 와 있다고 생각하자.'

이모 때문에 온 게 아니라 나 홀로 외국생활을 하고 있는 것이라고 생각하기로 했다. 그리고 고심 끝에 일본 친구를 사귀기로 결정했다. 일본어를 모르지만 일본 사람들과 가까워질 수 있는 방법을 찾으며 알바 일에 최선을 다했다.

일본의 사고방식을 흡수하는 게 쉽지만은 않았다. 난 가식적인 사람이 싫다. 그래서인지 타인의 호감을 사기 위해 안간힘을 쓰는 사람을 보면 왠지 모르게 재수가 없다. 내 눈에 일본 사람들은 그런 사람들이었다. 앞에서는 칭찬하지만 뒤에서는 뒷말과 가십을 즐기는 이들이라 생각했다. 그게 내가 처음 느낀 일본인이었다. 물론 그것은 편견이었지만, 당시 나는 이 땅에서 버티기 위해서는 나 자신이 가식적인 존재가 되어야 한다는 생각을 했다. 역시 환경은 사람을 바꾼다. 단순하게 사는 법을 선택했다. 우선은 몰라도 무조건 웃기로 했다.

때로는 바보가 되는 연습도 필요하다. 매 순간 다른 상황에 맞춰 나 스스로의 모습을 바꿀 줄 알아야 한다는 것을 알았다. 더 효율적으로, 필요한 순간에만 지혜롭게 행동하고 때로는 바보처럼 남들 속에서 묻어가는 방식도 필요하다는 걸 깨달았다. 완벽하지도 않고 어설프고 바보스럽지만 도전하며 해내려고 애쓰면서 조금씩 해답을 찾기 시작했다.

어디서든 무엇이든 배울 것이 무한대로 넘쳐나는 세상이다. 경청과 리액션만 잘하면 되는 것이었다. 그리고 덧붙여 중요한 것은 아이컨텍, 눈맞춤이다. 그 뒤에 배려가 이어진다. 내가 상대의 말에 집중하며 잘 듣고 있다는 것을 어필하는 것만으로도 상대는 나를 편안하게 느끼고 생동감 있게 대화를 할 수 있다. 그렇게 일본 친구들은 나에게 마음의 문을 열어주었다.

일본 생활에 적응되어갈 때쯤 학교는 겨울방학이 시작되었다. 그쯤 되니 한국이 너무 그리웠다. 한국에 돌아가 충분히 쉼표를 찍고 나는 다시 정든 나고야로 향했다. 설레는 마음으로 찾은 나고야 공항에서 난 어이없이 입국을 거부당했다. 집중 질문을 받으면 정확히 이야기하고 설명해야 하는데 나는 계속 멀뚱히 서 있기만 했다. 일본어가 능통하지 않아 아무 말도 할 수 없었다. 인터뷰를 하고 공항 출입국관리국 송환대기실에서 출입국관리직원의 심문이 시작되었다. 왜 입국하냐는 질문인 듯했다.

나는 일본어가 능통하지 않았다. 그들은 이해할 수 없다는 표정으로 나를 바라보다가 결국 입국이 불가능하다는 의사를 밝혔다. 나는 몇 시간 동안 죄인처럼 있다가 아시아나 편으로 강제 송환되었다. 너무나 황당한 사건이다. 지금 생각해보면 날 받아주지 않았던 이유를 알 듯하다. 의심받을 만한 행동, 이미지, 말투, 거짓 대답 등이 출입국 사무실에서 많은 시간을 보내게 만든 것이다. 그때 체류 기간이나 입국 목적은 정확하게 대답해야 함을 몸으로 확실히 깨달았다.

어눌했던 일본어가 나를 이렇게 부끄럽게 만들 줄이야. 언젠가 유창한 일본어 실력을 가지고 다시 오리라 다짐하며, 나는 아쉬움을 뒤로하고 이별했다. 내 나이 22살 되던 해, 일본과의 인연은 강제 추방이라는 찝찝하고도 어이없는 예상치 못한 방식으로 마무리되었다. 우린 운명처럼 만나 운명처럼 헤어져야 했다. 그렇게 운명이라 생각하면 마음이 편할 것 같았다. 일본에서 보낸 시간은 나를 새로운 관점으로 이끌어주었다. 머문 시간은 짧았지만 나름 정든 곳이기도 하다.

인생을 살다 보면 뜻밖에 전혀 예상치 못한 일이 생긴다. 몇 년간의 공백을 보내며 예상치 못한 내일을 다시 기다린다.

기분 나쁜 일이 생겼나요?

가만히 놓아두면 자연스럽게 사라질 일을 마음속에 계속 담아두고 되새기면서

그 감정의 파동을 더 크게 증폭시키지 마세요.

흐르는 감정의 물결을 사라지지 못하도록 증폭시키면 자신만 괴롭습니다.

- 혜민 스님 -

04

운명은 내가 만든다

일본에서 돌아온 나는 한 통의 전화를 받았다.

"○○병원입니다. 이호석 님 보호자를 찾습니다."

"왜 그러시죠?"

"이호석 님께서 3월 1일 오늘 새벽 2시 30분경 사망하셨습니다."

"네?"

그 이름은 유일하게 나와 피를 나눈 사람, 내가 가장 사랑하는 친오빠

였다.

'말도 안 돼.'

세상이 무너지는 듯했다. 믿을 수 없는 상황, 아니 믿고 싶지 않은 상황이었다. 나는 바로 전화기를 들어 떨리는 손으로 오빠의 폰 번호를 조심스럽게 눌렀다. 컬러링만 계속 이어졌다. 드라마 〈상두야 학교 가자〉의 OST, 정철의 〈My Love〉라는 곡이 미친 듯이 슬프게 들렸다. 다리에 힘이 빠져 주저앉았고 두 눈에서는 눈물이 폭포수처럼 쏟아졌다.

'오빠! 너무 보고 싶어! 오빠!'

오빠의 인생도 참으로 불쌍했다. 아빠와 새엄마의 미움을 한몸에 받아야 했고 새엄마의 이간질에 아빠에게 꽤 많이 매를 맞아야 했다. 한참 클 성장기에 마음껏 먹지도 못했다. 물 한 잔 마시기도 눈치가 보여 참아야 했다. 오빠도 참 많이 맞았던 기억이 있다. '어린 시절 기억이 왜 이렇게 맞았던 기억밖에 없을까?' 정말 나의 어린 시절은 비극적일 뿐이란 게 참으로 처절하다. 과거의 기억을 모두 잊고 싶어 일부러라도 지우고 또 지워갔다. 정말 생각하고 싶지 않다. 모두 지우개로 지워버리고 싶었다.

오빠가 사고로 사망한 날의 일이다. 오빠는 일이 끝나고 피곤한 몸으로 집으로 돌아왔다. 새엄마는 끝까지 집 비밀번호를 알려주지 않았다.

가족인데 내 집에 당당히 들어갈 수 없는 심정을 이해할지 모르겠다. 우리가 사는 집은 편안하고 안락한 내 집이 아니었다. 늘 불안하고 불편한 남의 집 같았다. 아니 남의집 보다도 못하고 차라리 고아원이 더 편할 것 같았다.

그날도 아무 말 없이 아빠와 새엄마는 새엄마 딸의 집에 갔고, 오빠는 비밀번호를 몰라 집에 들어갈 수 없으니 친구에게 연락했다. 친구 집에 가서 쉬려고 했던 것 같다. 중간의 정확한 상황을 들었으나 기억나지 않는다. 그 친구 차를 타고 어딘가 따라가다가 3중 충돌 교통사고가 났다는 것밖에는. 오빠 친구가 운전을 했고 오빠는 조수석, 또 다른 친구는 뒤에 앉아 있었는데 오빠만 생을 마감했다. 피 한 방울 흘리지 않은 채 그대로 떠나버렸다.

너무 충격적이며 참 억울한 현실이다. 운전자의 중대한 과실로 사람이 죽었다. 오빠는 그냥 타고 있었을 뿐이다. 너무 억울하고 답답한 심정에 운전한 오빠 친구를 찾아갔다.

"우리 오빠 살려내! 살려내라고!"

내 작은 몸을 가누지 못하고 미친 듯이 오열했다. 아빠는 한동안 쓰러져 아무 말도 못하셨다. 바짝 말라 뼈밖에 보이지 않는 아빠를 보며 한 번이라도 안아주고 싶었지만 우린 서로 안아본 적 없는 딸과 아빠 사이 었다. 그 상황에도 어색함을 떨칠 수 없는 현실이 참으로 비참하고 슬펐다. 도대체 누가 우리 사이를 이렇게 만들었을까?

아들의 억울한 죽음을 믿기 힘들어 며칠 동안 겨우 버티다가, 아빠도 겨우 힘을 내어 일어나셨다. 진실을 밝힐 마음으로 운전했던 오빠 친구를 찾아가셨다. 자식을 먼저 잃은 아버지의 마음을 그 누가 이해하겠는가.

"호석이가 그냥 따라온 것뿐이잖아요. 내가 차에 타라고 강요 하지는 않았어요."

그게 할 소린가? 반성의 기미가 전혀 없었다. '차라리 아무 말이라도 하지 말지.' 뒤에 타고 있던 또 다른 오빠의 친구에게도 찾아갔다. 지푸라기라도 잡고 싶은 심정이었다. 누군가에게 진정으로 위로받고 싶었다. 그러나 그 역시 산 사람 편이었다. 본인이 차를 멋대로 탔으니 할 말 없다는 식이다. 죽은 사람은 말이 없다. 살아남은 사람으로서 진실을 왜곡하지 말고 떳떳하게 밝혀주길 바랐는데, 이 세상은 내키는 대로 승리자를 뒤바꿀 때가 있다.

'모든 사건의 결말이 이런 건가?'

죽은 자만 억울한 세상이다.

오빠는 참 따뜻하고 착한 사람이었다. 일부러 더 바보같이 웃고 일부러 애써 웃었을 것이다. 힘듦을 버티기 위해. 오빠 장례식장에 와준 오빠친구들은 "우리가 너무 힘들고 우울할 때 호석이를 만나면 금세 기분이좋아졌어."라고 말했다. '기쁨조 같은 우리 오빠. 우리는 역시 닮았어.' 그렇게나마 잠시 동안 나는 미소를 지을 수 있었다.

새엄마가 집 현관 비밀번호를 알려줬다면 오빠는 편히 집에서 쉬고 있었을 텐데. 아직도 생각하면 피눈물이 난다. 오빠가 그렇게 죽고, 난 진짜 혼자가 됐다. 우리 힘들 때 함께했던 순간이 매일 떠올라 미치겠다. 내가 아무것도 해준 게 없어서, 아무 도움이 못 돼서 너무 미안한 마음에죄책감에 시달리기도 했다. 한동안 우울증에 시달렸고 방바닥에 누워 계속 울기만 했다. 마음의 상처를 받았던 어린 시절, 오빠와 함께했던 추억들이 필름처럼 스쳐 갔다. 삶의 무게가 컸고 세상에 혼자 덩그러니 남겨진 기분이 들었다. 유일한 내 편, 내 핏줄이었던 오빠가 이 세상에 없다고 생각하니 나도 딱히 살고 싶지 않았다. 아니, 살아야 할 이유를 찾지못했다. 매일 혼잣말로 그리움을 이야기했다.

'살아 있을 때 잘해줄 걸…. 물 한잔 떠달라고 부탁했을 때 짜증 내지 말고 한 번에 떠줄 걸…. 배고프다고 빵이랑 우유 사달라고 했을 때 그냥 기분좋게 사다 줄 걸….'

정말 너무 후회스럽고 미친 듯이 되돌리고 싶었다. 인생은 한순간이다. 내일 당장 우린 어떻게 될지 예감할 수 없는 세상에 산다. 사랑하는 사람을 잃는다는 것이 얼마만큼의 슬픔인지 표현할 수 없다. 몇 년 동안 나는 조울증에 빠져 있었다. 멍하니 하늘만 바라봐도 폭포수 같은 눈물을 흘렸다. 매일 조용히 습관처럼 오빠 방에 들어갔다.

'오빠, 어디 갔어? 빨리 와. 보고 싶어. 내가 잘못했어. 미안해. 오빠….'

하지만 아무리 현실을 부정하고 싶어도 오늘의 삶을 살아야 한다는 건 명백했다.

'사랑하는 내 하나뿐인 오빠. 벌써 동생 곁을 떠난 지도 어느덧 세월이 이렇게 흘렀어. 결혼식 한 번 올려보지도 못하고 오빠가 그토록 꿈꾸던 것들 도전해보지도 못하고…. 가수가 되고 싶다고 했는데…. 이 아름다운 세상을 떠난 것은 너무도 마음이 아프지만 동생이 그 아쉬움 대신해줄게. 오빠가 못다 한 몫까지 많이 보고 느끼고 도전해볼게. 멀리서나마

하늘나라에서 동생 응원해줘. 이제 더 씩씩해질게!'

이렇게 억울하게 죽은 오빠 대신 보란 듯이 살겠다고 결심했고 매일 그렇게 기도를 했다. 기도를 하며 내 머릿속에 화살같이 박힌 단어는 바로 '도전'이다. 오빠가 못 본 세상, 좀 더 넓은 세상을 바라보기로 결심했다. 꿈도 희망도 없는 상처투성이 환자들의 입에서 나온 말은 그 어떤 위인이 전하는 명언보다 깊은 울림이 있다고 했다. 내 상처를 치유하고 희망을 품기로 했다. 더 열심히 살 것이다. 악착같이!

'무슨 일이 있더라도 오빠가 못다 한 인생 내가 더 잘 살아볼게. 오빠가 하늘에서 대리 만족할 수 있도록!'

인생의 거친 폭풍을 두려워하지 마세요.

거친 폭풍은 누구에게나 오는 법입니다.

비바람이 지나가면 반드시 무지개가 떠오릅니다.

– 나교 –

05

멈추는 자의 용기

　대학교 때 배웠던 헤어, 피부 관리, 네일, 메이크업에는 흥미가 없었
다. 1학년 때는 거의 대부분의 수업을 빠졌고 시험 날에도 시험을 볼 생
각이 전혀 없었다. 그렇게 출석미달로 F학점이 허다한 시절이 있었다.
그런데 어느 날 갑자기 TV에 나오는 웨딩숍이 너무 예쁘게 느껴졌고 웨
딩숍에서 일하고 싶다는 마음이 들었다. 메이크업 공부를 더 하고 싶었
다. 결국 졸업 후에 다시 미용학원에 등록해서 집중적으로 메이크업 공
부를 했다. 생각보다 빠르게 메이크업 자격증을 바로 딸 수 있었다. 자격
증을 따고 바로 웨딩숍에 취업했고 순식간에 일을 시작하게 되었다.

바로 메이크업 일을 할 수 없는 부분이 좀 아쉬웠지만 예쁜 드레스 피팅, 실내촬영과 야외촬영을 따라다니며 사진 찍는 모습을 보는 것만으로도 너무 재미있고 신이 났다. 함께 일하는 멤버도 아주 좋았다. 원장님, 사장님, 실장님 등 모든 스태프가 가족처럼 따뜻했다. 그렇게 조금씩 배워가는 날들을 보내며 즐거웠고, 소소한 행복이라는 것을 느꼈다. 오빠가 죽고 난 후 내가 유일하게 웃으며 정을 붙일 수 있는 곳이었다.

어느 날 꿈에 죽은 오빠가 등장했다. 거의 1년 만이었다. 내 방 한가운데 작은 술상이 차려 있고 죽은 오빠와 웨딩숍 실장님, 새엄마 그리고 내가 앉아 무언가 고민하고 있는 분위기였다. 작은 술상에 둘러앉아 도대체 무슨 이야기를 했을까? 꿈에서 나왔던 그 장면이 왠지 찝찝했다. '무엇을 의미하는 걸까?' 꿈에서 깨어나 웨딩숍에 출근 했는데 일하는 내내 그 꿈이 머릿속에서 떠나질 않았다. 미신은 믿지 않지만 기분이 썩 좋은 꿈은 아니었기에 나쁜 징조는 아닐까 내심 걱정스러웠다.

그러던 중 친구에게 연락이 왔다. "내가 맛있는 거 사줄게, 얼굴 보자 꼭 나와." 당시 난 원래 친구라면 환장을 했다. 집구석이 싫어서 늘 집에 들어가기 싫어하는 나에겐 친구의 연락은 기쁜 소식이었다. 그런데 뭔가 모르게 찝찝해서 그날따라 바로 'Yes'라고 대답할 수 없었다. 잠시 생각해보고 연락해준다고 말했고 난 잠시 고민했다. 그러던 중 웨딩숍 실장님이 말씀하셨다.

"이 주임, 오늘 끝나고 집에 데려다줄게. 같이 가자."

난 고민하다가 결국엔 '에라, 모르겠다! 오늘도 달리자!'라고 선택해버
렸다.

"실장님, 저 오늘도 약속 있어서 놀다 갈게요."

일이 끝나고 친구에게 전화를 걸었다.

"어디야?"
"여기 친구들이랑 횟집에 와서 술 한잔하고 있었어. 빨리 와. 기다릴
게."

전화를 끊고 바로 택시를 타고 친구가 있는 곳으로 갔다. 친구 3명은
이미 술을 거하게 마신 상태다. 만취 상태는 아닌 듯한데 그래도 꽤 많
이 마신 것 같았다. 친구들은 평소처럼 나에게 술을 권했지만 그날따라
술을 마시면 안 될 것 같다는 묘한 느낌에 술은 사양했다. 안주만 열심히
먹었다. 술을 안 마시니 흥도 안 나고 재미가 없었다. 먹을 만큼 먹고 나

서는 먼저 집에 간다며 택시를 부르겠다고 했다. 그러자 친구들도 집에 가겠다고 해서 다 같이 밖으로 나왔다.

그런데 친구 하나가 대리를 부르지 않고 바로 운전대를 잡았다. 또 다른 친구는 이미 조수석에 앉아 있었고, 다른 친구는 집까지 태워주겠다며 나를 붙잡고 차 안으로 이끌었다. 난 어딘가 홀린 듯이 뒷좌석에 앉았다. 그 후 내 기억은 전혀 없다.

차를 탄 지 5분도 안 돼서 우린 사고가 났다. 대형트럭과 충돌하여 그 충격으로 나는 앞 유리를 뚫고 나가면서 룸미러에 내 얼굴을 박았다. 유리가 깨지면서 유리 파편이 얼굴에 박혀 얼굴이 찢어졌다. 그 광경을 밖에서 지켜본 사람들은 튕겨 나가는 나를 보고 100% 사망이라고 생각했다고 한다. 수술대에서 잠시 의식이 있었던 것 같다. 의사 선생님이 내 얼굴에 있는 피를 닦으며 뭐라고 말했다.

"얼굴에 유리 파편이 생각보다 많은데요?"

그 한마디를 듣고 난 다시 기절한 듯하다. 어느 정도의 시간이 흘렀는지 정확히 기억나지 않는다. 온몸을 움직일 수 없었다. 머리, 목, 다리는 모두 깁스를 한 상태였고 얼굴이 상당히 불편했다. 누워서 용변을 보아야 할 상황이었다. 친구들이 와서 나를 보고 믿기지 않는다는 얼굴로 울었다. 난 거울을 달라고 했다. 순간 거울에 비친 내 얼굴은 프랑켄슈타인과 맞먹는 상태였다. 이마와 볼, 입술, 다리에는 덕지덕지 꿰맨 자국이 가득했다. 난 진정 괴물 같았다. 거울을 던져 깨트리고 싶었다. '믿을 수 없어!' 순간 참고 있던 울음을 터트렸다. '나 어떡해….'

꽃다운 나이 23살, 4월의 봄은 나에게 지울 수 없는 시간이다. 순간의 잘못된 선택으로 운명이 달라졌다. 그토록 모두가 부러워하던 고운 피부에 보기 싫은 흉터가 남았다. "하늘도 네 피부를 질투했나 보다." 친구들은 조금이나마 나를 조심스럽게 위로했다. 마음의 상처도 아직 회복되지 않았는데 온몸에 흉터까지 남았다.

'언제까지 상처투성이로 살아야 하는 걸까?'

이제 그만 아프고 싶었다. 내 얼굴을 볼 때마다 차라리 죽고 싶었다. 꽃다운 나이에 여자 피부는 정말 뼈보다 소중하다. 차라리 코가 부러져서 성형이라도 하는 편이 좋았다. 피부에 새겨진 흉터는 정말 징그럽고 보기 싫었다. '하필 왜 얼굴일까?'

그 친구들이 너무 원망스러웠다. '왜 나를 차에 태운 거야?' 밟아버리고 싶었다. 친구라는 이유만으로 단돈 1,000만 원에 합의하고 마무리 했다. '병신 같은 내 인생! 왜 이러니? 진짜 바보는 나구나.' 그 후 우리는 남남이 되어 각자의 길을 걸어가고 있다. 잘 지내느냐는 안부 인사조차 없다. 그냥 똥 밟은 것이다. 결국 선택과 원인은 내 책임이다. 누구를 원망해봤자 결국 상처받는 건 나였다.

얼굴의 상처 때문에 자존감이 떨어졌다. 이마의 흉터를 가리기 위해 앞머리를 내렸고 볼의 흉터를 화장으로 열심히 가렸다. 하지만 그것도 한계가 있었다. 술을 마시면 붉게 올라오는 경계선이 너무 싫었다. 비싼 비용으로 재수술을 해보았지만 그래도 상처가 보이는 건 어쩔 수 없었다. 어쩌면 내가 살면서 가져야 할 숙명이 아닐까?

내 몸과 마음에는 어릴 적부터 상처가 많았다. 그 상처들은 흉터로 남았다. 그 흉터들을 '훈장'이라고 말할 수 있는 용기가 필요했다. 흉터와 훈장의 차이는 단지 시각 차이일 뿐이다. 그 순간을 다시는 겪지 않기 위한 훈장이라고 생각하면서 난 그 고통을 잘 이겨내보고 싶었다. 방향을 잃어가며 내가 있어야 할 곳이 어디인지 고민했다. 모든 걸 내려놓고 싶었던 순간이 많았던 것 같다. 힘들면 쉬어가면 된다. 나만 힘든 게 아니니까.

절대로 쉽지는 않지만, 자꾸 억울한 마음이 들지만 완벽하게 사는 사람은 아무도 없다. 한순간에 저지른 실수 때문에 평생을 힘들어할 필요는 없다.

방탄소년단 정국, 블락비 피오, 엑소 세훈, 샤이니 키, 동방신기 유노윤호, NCT 태용. 얼굴 흉터마저 매력으로 승화시킨 아이돌들이다.

세상에 당당히 자신을 노출시키며 수많은 관계의 전투 속에서 자신감 있게 살아가는 멋진 모습이 부럽기만 하다. 난 얼굴의 흉터가 사라져버렸으면 좋겠는데….

세상 사람들 때문에 당신만의 색깔과 열정을 숨기고 아파하지 마세요.

당신 자신을 드러내는 것을 두려워하지 마세요.

당신 자신의 고유함이야말로 가장 진실되고 아름다운 것입니다.

당신의 색깔과 열정이 환한 빛으로 가득 차도록 제가 응원할게요.

- 혜민 스님 -

06

끝없는 욕망이 필요하다

무언가 채워지지 않는 갈증이 있었다. 계속되는 목마름이라고 할까? 난 매일 술을 마시며 갈증을 해소했다. 그 목마름이 아니었을 텐데 말이다. 나는 누군가를 원망하는 마음으로 살아갔다. 아빠와의 사이에서 이간질하는 새엄마를 보면서 늘 답답했다. 새엄마는 말끝마다 부정적인 말을 했다. '병신같은 년, 또라이 같은 년, 미친년, 무식한 년,' 그런 거친 말을 들을 때마다 난 정말 그런 바닥에 있는 사람 같았다. 그리고 그걸 옆에서 듣고만 있는 아빠는 정말 나를 그렇게 생각하고 있었다. 새엄마가 나를 욕할 때마다 이가 갈렸다. 아빠는 자연스럽게 딸과 멀어졌다.

'안방에서 또 내 욕을 하고 있구나.'

내 방까지 작게 들리는 이간질과 욕을 들을 때마다 정말 분노가 올라왔다. 하지만 입을 다물고 있을 수밖에 없었다.

나는 욕구 불만과 결핍에 늘 시달리고 있었다. 오빠도 이 세상에 없고 기댈 곳은 친구들뿐이라는 생각을 했다. 함께 술 한잔하며 나를 위로해 주는 친구들이 너무도 따뜻하고 좋았다. 그러다 보니 오지랖도 넓어지고 함께하는 친구들과의 의리도 더 깊어졌다.

그렇게 나는 늘 밖에서 친구들과 노는 게 좋았다. 어딘가에 훌훌 털어버리고 싶었다. 그렇게 해서라도 난 지긋지긋한 집구석에서 해방되고 싶었다. 고리타분한 건 싫었다. 계속 색다른 것을 원했다. 시끄러운 어딘가에 혼을 맡겨두고 싶어 클럽으로 향했다. 대전, 대구, 부산을 오가며 나이트클럽을 순회했고 가끔은 방황하듯 미친 여자처럼 지냈다. 맨 정신보다는 생각 없이 나를 놓아버리고 사는 게 살기 편했다. 이도 저도 아닌 상태로 하루하루 의미 없이 보내고 있었다. 내 가슴에 남아 있는 응어리와 정서 불안증이 계속해서 그렇게 이끌었던 것 같다. 친구들과 만나면 밤새 술을 먹고 목구멍에 손가락을 넣고 토했다. 토하고 또 자리로 가서 술 마시고 또다시 화장실에 가서 토하기를 반복했다. 아침까지 해장술을 마시며 함께하는 것이 일상이 되었다.

  그러다가 취기가 올라올 새벽, 모두 또라이가 되어 아주 가끔 화장실
에서 시비가 붙는다.

  "빨리 나오지 왜 안 나오고 지랄이야!"

  화장실 문 밖에서 어떤 여자가 술 취해 시비를 걸었다.

  "뭐?"
  "왜 이 좆만 한 게!"
  "이게 돌았나? 미친년 아가리를 찢어버릴까."

  술기운인지 모르지만 난 순간 너무 화가 났다. 바로 점프해서 머리끄
덩이를 잡아 고개를 앞으로 엎어버렸다. 상대는 키가 크고 나는 키가 작
다. 어찌 됐든 머리끄덩이부터 잡아야한다. 머리끄덩이를 잡고 바닥에
머리를 찍어버렸다. 어릴 적 좆만 하다는 소리를 들으면 난 아주 예민해
졌다. 진짜 나는 좆만 하니까 더 듣기 싫었던 것이다. 지금 생각하면 웃
음만 나온다. 술 마시다가 소주잔을 집어 던지는 것 또한 일상이 되었다.
말끝마다 욕설에, 거친 표현도 서슴지 않았다. 아마도 잠시나마 분노 조

절 장애가 있었던 것 같다.

　분노 조절 장애는 환경적인 요인과 유전적인 요인들이 복합적으로 상호작용하여 나타나는데 환경적으로는 양육환경에서 학대와 같은 폭력에 노출되었을 경우 나타난다고 한다. 사소한 갈등에 화를 잘 내고 갈등이나 문제를 공격적인 말과 행동으로 해결하려 하며 습관적으로 화를 낸다고 한다.

　어릴 적 새엄마의 구타에 의한 트라우마. 즉 마음속 상처로 남은 부정적인 영향을 받은 듯했다. 가끔 그 트라우마가 올라올 때마다 너무 화가 났다. 나한테 했던 모욕, 욕설. 구타들이 참을 수 없었다. 하지만 부모님 앞에서는 늘 괜찮은 척하면서 착한 딸 콤플렉스에 젖어 있었다. 맞을 때도 절대 피하지 않고 처음부터 끝까지 맞기만 했다. 대든 적도 없다. 뭐라고 변명하면 더 맞으니까 입 다물고 조용히 맞는 편이 간단했다. 집에서는 조용히 입 다물고 가만히 멍이나 때렸다. 말하고 싶지 않았다. 그런데 밖에 나가기만 하면 난 촉새가 된다. 어느 누가 붙여준 별명이다. 처음엔 촉새가 무슨 의미인지 전혀 몰랐다. 말이 많거나 참견이 심한 사람을 촉새같다고 한다. 그리고 '여자 노홍철'이라는 별명도 있었다. 그때는 진짜 말이 많았나보다. 지금 생각하면 믿기지 않지만 말이다. 분노 조절 장애에 산만하고 정신이 없었으니 부모님은 나보고 오히려 "귀신 들렸냐?"라고 말했다.

"저년은 하루도 빠짐없이 새벽이고 아침이고 기어나가. 미친년이야."

겉으로는 생각 없이 사는 것처럼 보였겠지만 내가 얼마만큼 스트레스를 받고 옛 상처를 안고 사는지에 대한 생각을 부모님이 한 번쯤 해보길 바랬다. 내가 그들 앞에서 사라져주면 좋아할 거라 생각했다. 이간질하는 새엄마가 너무도 지긋지긋했다. 아빠에게 비치는 내 모습은 무조건 엉망으로 보여야 했다. 구제 불능에 무얼 해도 안 되는 아이. 저 바닥 밑 끝으로 밟아버리는 듯했다. 자신감은 있지만 자존감이 정말 낮았다.

고등학교 졸업 후 공부에는 전혀 관심도 없었던 나에게 아빠가 말했다.

"여자가 전문대라도 가야지."

아빠가 진지하게 나를 위해서 하는 말이기도 했다. 하지만 난 공부가 너무 싫었다. 죽기보다 싫었다. 책만 읽으면 바로 잠드는 나에게 뭔 공부인가. 고등학교도 겨우 졸업했는데.

"학교는 무슨 학교야 공부도 못하는 년이. 공장 가서 돈이나 벌어!"

새엄마가 말했다. 난 그 말을 듣자마자 바로 대학원서를 접수했다. 너무 화가 났다. 보란 듯이 일부러라도 가야겠다 싶었다. '내가 망가지는 걸 원하는 건가?' 나는 무조건 잘못되어야 하는 아이로 성장하고 있었다.

이 세상에 태어난 의미를 찾아야 했고 내가 살아야 할 이유를 알아야 했다. '난 절대 잘못되어서는 안 돼.' 나는 스스로 세뇌 시키기로 했다. 내가 실수할 때마다 하는 말이다. 새엄마는 늘 '네가 하는 게 다 그렇지.' 하며 비웃었다. 공부가 싫어도 나랑 맞지 않아도 노력해보기로 했다. 아니 할 것이다.

그때부터 조금씩 성장 욕구가 스멀스멀 올라오고 있었다. 제발 정신 차리고 마음 잡기를 바란다고 스스로 기도하고 또 기도했다. 어느 누군가 나를 밟아도 좋으니 나 자신만큼은 스스로 끔찍하게 사랑하자. 난 나를 계속 안아주고 사랑해줄 것이다.

나를 사랑해주세요.

나를 사랑하기 시작하는 순간부터

내 가치는 사랑하는 만큼 빛이 납니다.

- 나교 -

07

아는 만큼 보인다

인간은 늘 새로운 것을 갈구하는 본능이 있다고 한다. 새로운 무언가를 계속 찾고 싶었다. 오빠의 못다 한 인생을 대신해 열심히 살아보기로 했다. 분명 더 나은 무언가가 있을 거라고 생각했다. 자존감이 바닥만큼 떨어졌지만 바로잡기로 했다. 무언가 새로운 변화를 갈구할 때쯤 내 머릿속에 스친 건 '스타 강사'였다. 순간, 만인 앞에서 희망을 이야기하는 스타 강사가 되고 싶다는 생각이 들었다.

사실 좀 어려웠다. 나와는 분위기가 전혀 맞지 않다고 생각했다. 나이도 아직 어리고 스펙이 좋은 것도 아니고 학벌이 좋은 것도 아니다. 그렇다고 지식이 많은 것도 아니다. 난 자신감이 상당히 떨어진 상태였지만 배움이 절실했다. 열심히 검색을 해서 L교육연구원이라는 곳을 찾을 수 있었다. 그곳은 서비스강사, 병원코디네이터, 이미지메이킹, 법정의무교육, 서비스교육, 기업교육 등을 담당하는 곳이었다. 상당히 흥미진진했다. 즉흥적으로 학원으로 찾아가 상담을 받고 바로 등록을 했다.

서비스강사 양성과정을 시작했고 고객을 응대하기 위한 기본적인 차림새, 자세, 미소 등에 대한 수업을 받았다. 생각보다 쉽고 재미있었다. 교육 강사가 된다는 게 나와는 거리가 멀다고 생각했는데 내 자신에게 자신감이 생겨나기 시작했다. 태어나서 처음으로 책을 읽어야겠다는 생각을 했고 난생 처음으로 버킷리스트를 작성해보았다. 꿈이 없던 내가 하나둘씩 버킷리스트를 적어나가기 시작했다. 신기했다. 가장 처음으로 적은 것은 '세계여행'이었다. 내가 가고 싶은 해외 여행지를 적어가기 시작했다. 쓰다 보니 생각보다 술술 나왔고 틈틈이 100개를 채워 넣기 시작했다.

'세계여행 떠나기'
'부모님과 해외여행 가기'
'외국어 공부하기'
'워킹홀리데이 다녀오기'

'외국 남자 사귀어보기'

'크루즈 여행 해보기'

'욕하지 않기'

'하루에 책 한 권 읽기'

제일 흔한 버킷리스트로 리스트 중엔 이미 이룬 것도 꽤 있고 아직 노력하며 현재 진행 중인 것도 많다. 20대 버킷리스트, 죽기 전에 해야 할 일이나 하고 싶은 일을 작성하는 게 이토록 설레는 일일 줄이야.

버킷리스트를 쓰면서 느낀 점이 있다. 무엇이든 머릿속으로 생각만 하기 보다 글로 써서 직접 표현하고 꺼내면 더 구체화되고 내가 원하는 것이 무엇인지 한 번 더 확인할 수 있다는 것이다. 생각만 하면 절대 이루어질 수 없다. 인생에 한 번뿐인 20대에는 많든 적든 버킷리스트를 무조건 작성해봐야 한다.

그 이후 나는 자기계발과 자격증 공부에 집중하게 되었다. 학창시절 책만 보면 바로 잠들고 멍때리던 내가 아니었다. 잃어버린 꿈을 찾아가고 있다. 난 호기심의 안테나를 세우려 한다. 모든 것을 호기심으로 연결하면 그것이 꿈이 되고 내 영역도 넓어진다고 했다.

그렇게 시작한 학원 생활은 너무 즐거웠다. 또 다른 나를 발견하는 시간이었다. 실습 위주로 진행된 교육이었는데 정말 재미있었다. 비즈니스 매너, 퍼스널 컬러, 보이스 트레이닝, 전화응대 예절부터 이미지 트레이닝을 받았다. PPT, 강의 교안까지 아낌없이 피드백을 받고 수정하며 성장하는 내 모습을 발견할 수 있었다. 교육과정을 수료하고 드디어 나의 첫 강의 일정이 잡혔다. 병원 의료서비스 강의를 하며 이미지 메이킹, 고객응대, 친절서비스 과정에 대한 교육을 진행하기로 했다.

첫 번째 강의를 준비하면서 오프닝 멘트를 어떻게 해야 할지도 고민이었고 거울을 보면서 표정과 제스처까지 연습했다. 처음으로 내 손으로 PPT를 만들어서 강의를 하러 가려니 믿기지 않았다. 그토록 놀기만 좋아했던 나에게 믿을 수 없는 순간이 온 것이다. 부푼 가슴을 안고 최선을 다 하기로 했다. 가슴이 콩닥콩닥 요동치고 불안해서 안절부절못했다. 아직은 20대 햇병아리 강사지만 나도 할 수 있다는 걸 보여주고 자존감을 극복하리라 다짐하며 강의를 준비했다.

나의 첫 무대인 병원에 도착했다. 잘 기억나진 않지만 내 기억에 대략 100명 정도 앉아 있었던 것 같다. 10명 이내 소규모 강의라고 생각했는데 순간 당황한 나머지 눈앞이 캄캄했다. 앞이 보이지 않았다. 하늘이 노랗고 머릿속은 하얘졌다. 무대 공포증이 시작된 듯했다. 너무 긴장한 나머지 손과 목소리가 떨리고 심장이 터질 것 같았다. 수전증이 온 줄 알았다. 거의 정신이 나간 상태였다. 난 결국 PPT를 보고 글씨만 읽었다. 버벅거리는 내가 너무 부끄러워서 어디 쥐구멍이라도 찾아 숨고 싶었다.

'아, 완전 실패다!'

이렇게 나의 첫 무대는 완전 실패로 끝났다. 한심하게 보였다. 경험 부족으로 자극받은 나는 좀 더 배움을 확장시켜야 겠다고 생각했다. 좀 더 원활한 강의를 위해 병원 코디네이터, 웃음치료사, 스트레스 관리, 레크리에이션, 웃음코칭, 펀리더십 자격증 공부를 추가했다. 이런 소소한 배움이 조금씩 내 삶을 바꾸는 터닝 포인트가 되었다.

이렇게 무언가를 배우고 책을 열심히 읽기 시작하면서 나에게는 많은 변화가 생겼다. 책 속에서 정말 길이 보였다. 내가 하고 싶은 게 무엇인지 찾을 수 있었다. 내가 이루고 싶은 목표라는 게 드디어 생겼다. 나도 이제 사람답게 살 수 있을 것 같았다.

무엇보다 남에게 의존하지 말고, 목이 마르면 나 스스로 물을 떠마셔야 한다는 진리를 배워갔다. 준비와 대책 없이 매일 술만 마시고 놀러 다닐 궁리만 했던 과거의 나 자신이 답답하게 느껴졌다. 이제는 부모 탓,

환경 탓, 남 탓만 하는 바보 같은 인생을 살고 싶지 않다는 마음이 불끈 솟아올랐다. 난 약점이 많은 사람이다. 그것을 고치려고 돈과 시간, 에너지를 쏟아 부었다. 나의 강점을 찾기 위해 계속해서 달려야 했다.

삶의 터닝 포인트가 필요했고 자존감을 높이고 싶었던 20대 시절, 어느새 세상이 보이기 시작했다.

'난 더 놀고 싶다. 안정적이고 싶다. 변화가 두렵다. 흙수저다.'

이런 생각을 하는 부정적인 나 자신을 베어내고 준비하는 과정 속에 꿈을 찾았고, 앞으로 해야 할 숙제도 만들었다.

게으르거나 도전 정신이 없고 호기심 없는 인생은 너무 재미없다. 우물 안 개구리로 살다 죽기에 이 세상은 너무 아름답다. 우물 밖에 나가봐야 우물 밖의 세계를 알 텐데 말이다. 개굴개굴 울기만 하는 우물 안 개구리 인생아, 잘 가라.

내 가치를 뛰어난 학력과 스펙으로 채우려 하지 않아도 좋습니다.

인생을 살아가면서 많은 열정과 경험으로 지혜를 쌓으며,

사람들에게 베풀며 사는 것으로 내 가치를 채울 수 있습니다.

– 나교 –

2 장

언젠간 가겠지 하지만 떠나기 좋을 때란 없다

01

간절함의 차이

버킷리스트 목록 중 흔히 쓰는 하나가 '워킹홀리데이 떠나기'다. 말 그대로 '일을 하고(Working) 여행을 해라(Holiday).'라는 의미다. 워킹홀리데이 비자를 받고 발급일로부터 1년간 유효한 비자로 해외에 체류하면서 수익을 발생시키는 행위를 합법적으로 할 수 있다는 것이다.

나도 버킷리스트 목록의 '워킹홀리데이'를 이루고 싶은 마음이 불끈 올랐다. 지금 아니면 떠날 수 없을 것 같았다. 그러던 어느 날 일본에서 미용 공부를 하면서 돈을 벌 수 있는 경로가 있다는 정보를 입수하고 바로 서울에 있는 사무실로 전화를 걸었다. 이력서를 들고 방문을 해서 면접을 보아야 한다고 했다. 즉흥적인 성격인 나는 바로 준비를 하고 면접을 보러 갔다. 간단히 면접관과 인터뷰를 하고 합격 소식을 들었다. 그후 나는 바로 워킹홀리데이 신청을 했다.

대한민국 국민이라는 것을 증명할 수 있는 서류와 여행을 목적으로 일본에 입국한다는 서류가 필요했다. 원칙적으로 18세~25세까지 신청이 가능하지만 부득이한 사정이 있으면 30세 이하까지는 가능한 걸로 알고 있다. 최소한의 생활자금과 한국으로 돌아올 비행기 값은 있어야 한다는 것이 조건이다. 또한 과거에 워킹홀리데이 비자를 발급받은 적이 없어야 한다. 그리고 생활하기 위해 최소한 그 나라 언어를 사용할 줄 알아야 한다. 나의 경우, 인사 정도만 할 줄 알아도 문제없었던 것 같다.

서류 준비는 사증신청서, 일본 워킹홀리데이 이력서, 이유서와 계획서, 조사표, 여권복사본, 출입국사실 증명서, 기본증명서, 주민등록증 앞뒤 복사본이나 등본 초본 중 하나, 남자는 병역필을 증명할 수 있는 서류, 최종학력증명서, 3개월분의 예금 거래 내역서, 일본어능력 증명 자료 등이 필요했던 걸로 기억한다. 워킹홀리데이 서류 준비가 은근히 까다롭다는 걸 그때 처음 알았다.

워킹홀리데이 신청을 해도 합격하지 않으면 갈 수 없다. 워킹홀리데이

신청에 필요한 제출서류를 들고 일본 대사관을 찾았다. 일본대사관 영사부에 직접 제출했다. 비자신청 이후 한 달 동안 결과를 기다리기 위해 조마조마했다. 워킹홀리데이비자를 몇 번이나 신청했지만 불합격되는 경우도 있다고 해서 살짝 불안하기도 했다. 하지만 '무조건 된다!'라는 생각만 하기로 했다. 난 이미 워킹홀리데이로 일본에 가 있는 상황까지 상상했다. 한편으로는 운명에 맡기기로 했다. 기도하고 또 기도했다. 간절하게 기도했다.

드디어 합격 발표 날, 한 번에 합격했다. 나의 간절한 기도가 통한 걸까? 일본에 빨리 가라는 하늘의 뜻이라고 생각했다. 21살에 일본 입국 거절을 당한 내가 일본을 다시 갈 수 있다는 생각에 너무 기뻤다. 대학교 합격 발표 이상으로 행복했다. 나의 일본행을 축하해주는 친구들과 송별식도 나누었다. 당시 술집 안이 꽉 차게 모여 다 같이 술 한잔했던 기억이 난다. 정말 눈물 나게 고마웠다. 그때 그 친구들을 잊을 수 없다.

그렇게 나는 편안하고 안정된 환경을 벗어나 낯설고 새로운 환경으로 떠났다. 도전의 대가가 실패라도 그 실패가 인생의 경험이고 자산이라는 생각으로 나를 바꿔보고 싶었다.

더 배우고 모험을 즐기기로 하고 시작한 일본 생활이 쉽지만은 않았다. 밀본이라는 회사에서 교육을 받으며 오사카 본사 견학을 했고, 나고야 스튜디오에서 교육을 받으며 미용실 실습을 겸했다. 미용실에서 오만 잡다한 일은 다 했다. 학교 때 배웠던 것과는 또 다른 영역이었다. 미용실은 서비스 업종이다 보니 친절은 당연한 것이고, 모든 서비스 언어를 일본어로 배워야 했다. 일본어에 그리 능통하지 못했던 터라 일을 하면서 너무 답답했다. 영업시간이 끝나면 기본적인 커트와 염색 방법에 대한 교육을 듣기도 했는데 도저히 알아들을 수 없었다. 몸도 지치는데 일본어 공부를 함께 병행해야 한다는 게 몇배나 힘들었다.

일을 하다가도 오해가 생겨 큰소리가 나거나 다툼이 종종 있었다. 너무 속상해서 울음을 터트린 적도 있다. 타국 땅에서 그 나라 언어를 적절히 사용하지 못해서 겪는 서러움이 밀려왔다. 외국인 노동자의 설움이랄까? 고향에 대한 향수도 떨치기가 어려웠다. 이렇게 개고생하려고 온 것은 아닌데, 너무 외롭고 쓸쓸했다. 일본어를 빨리 배우자고 다짐했다. 절실하고 간절했다.

외국어를 잘하려면 그만큼 외국어를 사용할 수 있는 환경을 만들어줘야 했다. 미용실에서 함께 일하는 일본인 중에 21, 23살 남자아이가 있었다. 그 친구들과 가까이 지내며 일본어를 배워야겠다고 생각했다. 완벽한 의사소통은 힘들었지만 다행히 둘 다 20대였기에 공감대 형성이 가능했다. 내가 한국인 여자라는 신비감도 작용했을 것이다. 그렇게 우린 함께 어울려 다니기 시작했다. 일이 끝나고 밥도 먹고 쇼핑몰 구경도 했다. 지루하다 싶으면 가라오케에 가서 일본 노래도 배웠다. 그러다가 조금씩 단어들이 귀에 들어오기 시작했다. 21살 때 잠시나마 배웠던 일본어 단어들이 다시 새록새록 들리기 시작했다.

내 안의 언어를 꺼내는 일은 신기하고 참 매력 있는 일이다. 언어를 하나 배우는 것은 하나의 세계를 얻는 기분이다. 그리고 여행을 다닐 때 그 나라의 언어를 하느냐 하지 못하느냐에 따라 여행의 맛이 달라진다. 생활 여행자로 살아가는 데 큰 즐거움이 되며 세상을 보는 눈을 넓히는 데 큰 무기가 된다. 20대에 배우는 외국어가 제일 '맛있다'고 표현하고 싶다. 본인의 경쟁력이 떨어진다고 생각하면 무조건 한 가지의 외국어라도 집중해서 공부해볼 필요가 있다고 생각한다. 그 계기로 나는 일본어 전공으로 편입을 결심했다. 일본어 공부가 더 하고 싶었다. 참 신기할 따름이다. 내가 이렇게 생각이 바뀌다니….

무언가를 간절히 원한 적이 있는가? 실패를 두려워하지 말라는 말이 이제는 지겹게 들릴지 모른다. 도전을 한다면 실패하더라도 그렇게 얻는 상처는 영광의 상처다. 지금 당장 내게 주어진 기회를 잡지 않는다면 누군가 다른 사람이 기회를 잡을 것이다. 나이가 들수록 그 기회는 쉽게 주어지지 않는다. 우리가 10대, 20대, 30대에 구축해둔 경험은 평생 자산의 토대가 된다. 내가 하고 싶은 것을 하고 내가 되고 싶은 것이 되는 세상이다. 그리고 거기에는 미처 몰랐던 내가 존재하는 법이다.

난 무엇이든 덤벼들기를 좋아한다. 가령 그것이 실패로 남더라도 시작을 해보고 경험을 해보았다는 것에 보람을 느낀다. 지금의 자리에 안주하기보다 더 나은 미래를 향해 달려가고 싶다는 의지 하나만이라도 있다면 그것으로 된 것이다. 산다는 것 자체가 미래의 희망으로 나아가는 진행 과정이라고 생각한다. 아무리 어려운 상황이라도 진취적인 사람은 그것을 적극적으로 도전해볼 만한 좋은 기회로 보는 것이다. 자기가 바라는 환경을 찾아내는 사람들, 그들이 있기에 세상은 재미난 것이다. 원하는 환경을 발견하지 못하면 자기가 만들면 된다. 간절한 바람이 목표를 이룬다. 작은 간절함도 없다면 처음부터 꿈도 꾸지 마라.

완벽하지 않아도 좋아요.

흥미롭게 시작하세요.

– 나교 –

02

아직 청춘이다

"이번 주 주말에 대만 갈래?"

"응, 좋지! 콜!"

이렇게 즉흥적으로 떠나는 여행은 청춘이기에 가능한 것이다. 여행에
도 장르가 있다. 보통 관광과 휴양을 동시에 즐기는 여행을 가장 선호한
다. 멋진 사진을 찍으러 가는 여행, 문화나 역사를 배우기 위해 떠나는
여행, 책이나 영화에서 접했던 로망이 있는 환상의 장소를 찾아가는 여
행, 소중한 사람들과 추억을 만들기 위해 떠나는 여행, 그 지역만의 특별
한 음식을 먹으러 가는 여행 등이 있다. 느긋하게 여유를 즐기며 쉬고 오

는 여행도 필요하지만 더 나이 들기 전에 많이 움직이며 관광하는 여행이 필요하다고 생각한다.

나는 대만이라는 나라가 자유 여행지로 최적의 환경이라고 생각한다. 대만은 개별 여행하기에 아주 좋은 인프라를 가지고 있다. 특히 대중교통이 편리해서 지하철과 시내버스를 이용하면 된다. 친절하게 한국말 표지판이 있어 친근하다. 한국에서 대만까지 비행기로 2시간 30분이면 도착하는 곳이라 언제든 가볍게 여행할 수 있는 장점이 많은 곳이다. 야시장, 상권지구 시먼딩, 베이토우 온천, 옛 일본 문화들의 숙소가 있던 용캉제 거리, 국립 고궁 박물관, 중정 기념당, 자오궁 등이 있는 타이베이가 제일 인기다.

이곳은 다양한 문화를 받아들인 만큼 음식도 꽤 다양하게 맛볼 수 있었다. 가장 기억에 남는 대만 야시장의 먹방 여행은 정말 너무 즐거웠다. 많은 여행객들에게 소소한 만족을 주는 관광 상품으로 알려져 있다. 자유여행으로 다녀도 충분한 인프라와 치안, 그리고 생각보다 너무나 친절했던 대만 사람들이 나를 감동시켰다. 보고 먹고 체험할 거리가 너무도 다양한 대만을 난 몇 번 가도 질리지 않을 것 같다.

많이 걷고 많이 먹을 수 있는 먹방 여행의 메카라고 할까? 가성비 좋은, 자유여행을 충분히 즐기고 싶은 청춘들에겐 최고다. 먹방, 쇼핑, 관광이 다 되는 값싸고 알찬 여행지이다.

대만에 도착 후 짐을 풀고 처음으로 찾은 곳은 제일 기본 코스인 타이베이 101타워였다. 가는 곳곳마다 한국말로 적힌 안내문이 있어 관광지 찾는 일은 간단했다. 88층에서 91층까지가 타이베이 101타워 전망대다. 올라가는 엘리베이터 안에서도 친절히 한국말로 안내를 해주어서 너무 감사했다. 안내해주는 목소리가 얼마나 애교스럽던지. 그런데 가는 날이 장날이라더니, 비가 와서 구름이 가득 낀 바람에 대만 전망을 제대로 볼 수 없었다. 비가 그치면 야경만큼은 볼 수 있을 거라는 기대로 어두워질 때까지 인내심을 가지고 마냥 기다렸다. 결국 대만 야경을 보고 올 수 있었지만, 역시 날씨 탓에 그냥 그랬다.

아무런 계획 없이 급조로 오게 된 여행이라 가벼운 마음으로 이동했다. '다음에 또 오면 되지.'라는 생각으로 대만 여행의 메인 필수코스라고 할 수 있는 먹방 여행 출발!

우리는 먹기 위해 이 세상에 태어났고 먹기 위해 산다. 맛있는 것을 먹을 때만큼은 이 세상을 다 가진 기분이랄까. 대만에는 일반적으로 스린 야시장과 라오허제 야시장이 가장 유명하다고 볼 수 있는데 다른 야시장에 비해 복잡하지 않아 좋은 닝샤 야시장도 추천한다. 먹방 여행이다 보니 무조건 다양성 있게 맛보기 위해 매일 밤 모든 야시장을 털기로 마음먹었다. 생각만 해도 신났다. 2kg은 쪄서 한국으로 돌아갈 작정이었다.

처음으로 향한 스린 야시장은 타이베이 시내에서 가장 규모가 큰 야시장이다. 100년이 넘는 역사를 자랑한다. 생각보다 엄청난 사람들이 몰려 있었다. 골목골목 엄청 복잡하기도 하고 사람들이 너무 많아서 조그마한 내가 이리저리 쏠리고 있었다. 그래도 꿋꿋이 버티고 먹겠다고 어눌한 영어로 "디스 원!"이라고 주문했다. 신이 났다. 야시장에서 유명한 먹거리인 지파이, 치즈감자, 큐브스테이크를 첫 코스로 올렸다. 지파이나 큐브스테이크는 바로 그 자리에서 구워주기 때문에 오래 기다려야 했다.

먹거리를 사고 편의점에 들어가 맥주도 한 캔 사서 길에 앉아 간단히 한잔했다. 또 다른 먹거리들을 사서 먹으면서 이동도 하고 장난감 구경도 했다. 이 골목 저 골목 볼거리가 너무 많아서 정신이 팔렸다. 구경하는 재미가 쏠쏠하다 보니 결국 미아가 됐다. 그렇게 길을 헤매다가도 대만에서 유명한 곱창 국수 한 그릇을 또 뚝딱 먹었다. 그렇게 이것저것 맛보았다. 진정 대만은 먹거리의 천국이다. 결국 다 둘러보기는 역부족. 다 먹어보지 못해 아쉬웠지만 멈춰야 했다. 슬슬 배가 불러와 잠시 쉬면서 소화나 시킬까 했다. 그러다 가게 앞 어느 아줌마 손에 이끌려 어깨와 발

마사지를 받았다. 역시 대만은 여러 면으로 가성비가 굿! 마사지를 받고 하늘에 날아갈 것 같은 가벼움을 느꼈다. 이런 소소한 행복에 사람들이 여행을 하나 보다 했다.

다음 날은 부푼 가슴을 안고 닝샤 야시장으로 향했다. 스린 야시장보다는 작았지만 먹을 것도 많고 먹거리 동선도 깔끔하고 앉아서 먹을 수 있는 포장마차 분위기가 너무 운치 있었다. 비가 내리는 저녁 시간에 포장마차에 앉아 다양한 음식을 맛보고 맥주 한잔을 마시는 여유가 너무도 행복했다. 이대로 배 터져 죽어도 미련이 없겠다는 마음으로 몇 바퀴를 돌며 양손 한가득 주문하기 바빴다.

대만은 습하고 덥기 때문에 야시장이 발달되었다고 한다. 날씨 탓에 집에서 요리를 만들어 먹는 것보다 야시장에서 사 먹는 게 더 편하고 싸기 때문이다. 충분히 이해할 것 같다.

다음 날 점심은 시먼딩에서 해결하기로 했다. 시먼딩은 대만의 명동이라고 불린다. 대만 여행을 하는 사람들은 꼭 한 번 들려서 먹어야 하는 유명한 대만 맛집이 있다. 대왕연어초밥으로 굉장히 유명한 곳이었는데, 웨이팅이 기본 1시간인 듯했다. 쓰라린 배고픔을 이겨내고 1시간을 기다려 드디어 2층으로 올라가 대왕연어초밥과 닭꼬치, 관자꼬치, 새우볶음

밥을 주문해서 먹었다. 연어초밥 사이즈가 어마어마했다.

대만 하면 바로 레스토랑 '딘타이펑'이다. 샤오룽바오, 통새우돼지고기 샤오마이, 산라탕, 새우돼지고기비빔만두가 유명하다. 대만에서 엄청 유명한 맛집이라 웨이팅도 길었다. 기다림에 지쳐 포기하고 다른 거라도 먹을까 했는데 꿋꿋이 참고 기다린 보람이 있었다. 김이 모락모락 나는 따끈따끈한 음식의 맛을 잊을 수 없다. 먹방 여행, 맛집 투어는 청춘이기에 더 자유롭게 마음 놓고 즐길 수 있었다.

50대에도 이렇게 먹방 투어를 즐길 수 있을까? 새로운 음식을 먹기 위해 기다리면서 설렘을 만끽하고 웃을 수 있는 것. 아직은 혼자이고 청춘이기에 가능했다. 풋풋하고 자유분방한 청춘의 아련한 추억과 감성 속에서 나는 지금도 미소 지을 수 있다.

너무 익숙한 것과 편안함을 떠나 가끔은 힘들고 새로운 세상에서 인생을 마주할 때 우리는 한층 성숙해진다. 낯선 세계로 여행을 떠나는 이유는 간단하다. 내가 좋아하는 것, 하고 싶은 것이 무엇인지, 머나먼 세상에서 종종 발견하기 때문이다. 여행의 묘미는 무작정 갔다가 무작정 다니다가 우연히 발견하는 아름다움이다.

인생의 스펙을 쌓기 위함이 아닌 삶의 스펙트럼을 넓히기 위한 청춘들의 여행을 나는 응원한다. 청춘이라는 것은 아직 충분히 실수할 수 있다는 뜻이고 선택할 수 있다는 기회가 충분히 남아 있다는 거니까.

※ 대만 지도

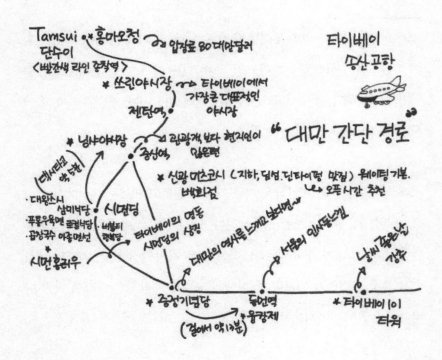

청춘이 식기 전에 설렘과 감동을 마음껏 배불리 먹어두세요.

청춘이 식으면 설렘과 감동의 맛이 떨어져요.

- 나교 -

03

여행은 심장이 떨릴 때 떠나라

　나는 분위기에 매우 약하다. 술자리에서도 너무 감성적인 탓에 분위기에 이끌려 계속 달리는 경향이 종종 있다. 남자는 직관적이고 여자는 감성적이라고 말하는데, 난 왠지 나처럼 감성적인 남자가 좋다. 감성에 메마른 남자는 개인적으로 인간미가 없어 보인다고 할까. 함께 공감하고 아파하고 기뻐할 수 있는 그런 남자에게 끌리는 것 같다. 함께 웃다 보면 행복해지듯이 함께 울다 보면 하나가 되는 것 같다. 우리가 온전히 감성적인 사람이 될 때 사랑이 피어나고 심장이 떨린다.

　난 아직 설렘으로 가득 찬 소녀 감성을 가지고 있다. 나이가 들어가면서 감성이 메마르고 감동이 없어지면서 일상이 점점 무의미해지는 게 두렵다. 작은 꽃잎 하나에 감탄하며 아름답다 말할 수 있는 사람. 그게 나다. 설레고 심장이 떨리는 여행, 그것은 청춘만이 느낄 수 있는 특권이 아닐까 싶다. 작은 것에 감동이 있는 일상이 난 너무도 행복하다.

'나 너무 행복해!'

방콕 3대 루프탑바 63층 시로코 바의 야경과 분위기는 잊을 수 없다. 여자들끼리만 갔던 것이 매우 아쉬웠다. 사랑하는 내 남자와 함께라면 좋았을 것을! 진정 최고다. 야경이 정말 환상적이다. 잔잔한 재즈음악과 칵테일 한잔하며 야경을 감상할 수 있는 순간이 너무 행복하고 감사하다. 그 어느 누군가에겐 이곳이 그냥 그렇고 그런 무난한 곳일진 모르지만 나에겐 텐션 업이 되어 돌고래 울음소리 같은 행복한 비명이 절로 나는 곳이었다. 낭만이 있는 곳에 사랑도 피어난다는데 그날은 아쉽게도 사랑이 피어나진 않았다.

세상에서 가장 푸른 도시 싱가포르의 랜드마크! 인피니티풀의 끝판왕! 마리나베이샌즈에서 바라보는 뷰도 절대 무시할 수 없다. 올라가자마자 보이는 시티뷰에 감탄이 절로 나왔다. 낮의 뷰도 좋지만 으뜸은 역시 야경이다. 가장 높은 곳에서 뷰를 감상하는 게 제맛인 법. '루프트바

1-Altitude'라는 곳이다. 싱가포르에서 가장 높은 곳에 위치한 옥상 bar 이다. 싱가포르 '가장 로맨틱한 8대 전망' 감상 장소로 꼽히기도 한 장소다. 난 바로 환호성을 질렀다. 가만히 바라보고만 있어도 너무 행복했다. 하늘도 맑고 날씨도 기온도 모두 딱이다. 음악도 나오고 흥이 넘친다.

9월의 싱가포르는 우리나라의 한여름과 비슷한 기온이다. 날씨는 거의 맑음이었다. 싱가포르 9월의 밤은 화창하고 살랑살랑 바람도 불고 습도도 확 줄어서 걷기 진짜 좋은 최상의 날씨였다. 너무 시원한 날씨가 내 기분까지 살살 녹게 만들어주는 듯했다.

싱가포르 최고의 인생샷 장소! 그곳에서 인생샷은 무조건 나오게 되어 있다. 앵글에 담고 싶은 모든 랜드마크가 옹기종기 모여 있다. 럭셔리한 경험과 야경도 최상급이다. 밤 10시라도 인피니티 풀은 뜨거운 활기가 넘친다. 스카이파크에서 가든스바이더베이의 야경도 감상하고 인생샷 찍겠다고 방방 뛰어다닐 때쯤 일본인 여자 2명이 다가와 일본어로 말을 건넸다. 사진 찍어 달라는 모양이다. 마침 일본에서 배웠던 일본어를 이렇게 또 써먹을 수 있다는 게 매우 기쁘고 뿌듯했다. 우린 서로 낯선 국가에서 온 여행객이라며 이런저런 대화를 나눴고 웃고 떠드는 동안 금세 친해질 수 있었다. 그렇게 만난 일본인 여자 2명과 연락처까지 공유해서 우린 친구가 되었다. 이 또한 너무 설레는 순간이다. 각자 다른 나라에서 여행을 하며 운명처럼 만나 친구가 되고 도움을 주고받는 순간이 온다.

　베트남 다낭 시내의 스카이라인과 야경을 감상하며 즐기기 좋은 루프 트바로, '스카이36'이 기억난다. 자유여행의 장점은 시간 제약 없이 여유 롭게 즐길 수 있다는 건데, 특히 술 한잔하고 싶을 때 늦은 시간까지 분 위기에 취해 감상할 수 있다는 게 너무 좋다. 노보텔 36층 스카이36에서 보는 전망도 나를 너무 설레게 했다. 12시가 되면 불빛이 꺼지는 아쉬움 이 있었지만 생각보다 화려한 다낭 야경도 나를 가슴 뛰게 했다. 한강과 다낭 시내가 한눈에 들어오는 전망으로 유명해서 핫한 곳이다. 사실 '우 와~' 정도는 아니었지만 그 자체만으로도 아름다운 분위기가 있다. 당시 1월 1일 새해 첫날의 기분에 더 업되었을 수도 있지만 그때를 생각하면 명품보다 값진 추억이었다는 생각이 든다.

　밤에 타는 관람차는 기분을 묘하게 만든다. 세계에서 네 번째로 큰 관 람차가 있는 대규모 테마파크에 갔다. 다낭 아시아파크라고 불리지만 썬 월드라고 써 있다. 다낭에서 대기업인 썬 그룹에서 운영하고 있어서 예 전에 '썬 월드 썬 힐'이라고 불렀다고 한다. 관람차를 타러 에스컬레이터 를 타고 올라갔다. 설렘 가득했다. 동심의 세계에 입성 중이었다. 오랜만 에 동심으로 돌아가 마냥 어린아이처럼 놀고 싶었다. 관람차 대기시간은 생각보다 길지 않아서 좋았다. 관람차를 타고 서서히 올라가는데 무언가

찌릿찌릿한 것이 올라오면서 무섭기도 했지만 다낭 시내 야경이 아름답게 펼쳐지니 사진 찍기에 정신이 없었다.

　생각보다 엄청 높았다. 솔직히 너무 무서워서 빨리 내리고 싶었다. 다행이었던 건 그때 함께 탔던 사람이 남자친구였다는 것이다. 우리 둘은 손을 꼭 잡고 함께 새해 첫날을 보냈다. 그 순간을 함께할 수 있다는 것에 감사하며 낭만을 느꼈고 사랑이 깊어갔다. 마치 별빛이 내려앉은 듯한 황홀한 풍경을 감상할 수 있는 빛나는 꿈의 데이트다.

　"무서워~."
　"괜찮아. 내가 있잖아."
　"만약에 여기서 위급한 상황이 발생하면 어떡할 거야?"
　"너 절대 안 죽게 할 거야. 걱정마. 무슨 일이 있어도 무조건 내가 너를 지킬 거야."

　서로의 눈을 바라보며 말했다.

　"사랑해. 아주 많이."

　분위기에 취해 우린 꼭 안고 그대로를 느꼈다. 다낭의 형형색색으로 빛나고 있는 예쁜 야경이 우리 둘을 밝혀주는 듯했다. 로맨틱한 장면이 연출되는 순간이다. 우리 둘은 빛나고 있었다. 가슴은 두근두근 요동쳤고 소소한 일상에 감동받을 준비가 되어 있는 심장이 있었다.

관람차 한 바퀴가 돌아가며 내려오는 내내 우리는 많은 이야기를 하며 사랑을 확인했다. 너무 든든한 남자친구가 더 사랑스럽게 느껴졌다. 그때 느꼈던 그 순간은 영원히 잊을수가 없을것만 같다. 그저 특별한 순간으로 재생되고 있다. 인생의 아름다운 추억을 만들어가는 일은 가슴이 뛸 때 가능하다. 이 행복은 두 발로 가고 싶은 곳을 가보고 두 손으로 만져보고 귀로 들으며 온몸으로 느끼는 순간, 가능하다.

남자친구와 밤에 관람차를 타고 아름다운 야경을 감상했던 그 기분은 어떻게 설명이 안 된다. 우리는 공포를 함께 이겨냈다. 사랑하는 감정이 더 증폭된 느낌이다. 남자친구가 생기면 꼭 함께 여행을 가보길 추천한다. 사람을 깊이 알려면 함께 여행을 해야 한다. 함께 여행하는 동안 그 사람의 성향을 알 수 있고 긴급한 순간이 왔을 때 어떻게 대처하고 상황을 이끌어가는지도 알 수 있다. 이 사람과 내가 여행 코드가 잘 맞는지도 알아야 할 필요가 있다.

다양한 체험을 좋아하는 사람이 있는 반면 먹방 여행을 즐기는 사람,

호캉스로 천천히 여유로움을 만끽하는 사람도 있다. 각자가 느끼는 여행의 즐거움은 가지각색이다. 그 속에서 심장이 살아 있음을 확인하자. 건강한 삶을 위해서는 늘 떠났다 돌아오기를 반복해야 한다고 한다. 계속해서 새로움을 보고 느끼고 떨리는 심장으로 살자. 심장이 떨릴 때 떠나보는 여행에서 느낀 깨달음은 인생을 더욱 윤택하게 한다.

젊은 날엔 젊음을 모르고 사랑할땐 사랑이 보이지 않았네

하지만 이제 뒤돌아 보니 우리 젊고 서로 사랑을 했구나

눈물같은 시간의 강위에 떠내려가는건 한다발의 추억

그렇게 이제 뒤돌아 보니 젊음도 사랑도 아주 소중했구나

- 이상은 〈언젠가는〉 -

04

언제까지 젊은 줄 아니?

　나는 평생 탱탱하고 젊은 영혼일 줄 알았다. 영원히 20대의 활기찬 체력으로 어디든 갈 수 있고 무엇이든 모두 다 할 수 있을 것만 같았다. 세월은 야속하게도 이 모든 것을 기다려 주지 않는다. 친구들이랑 클럽에서 술 마시고 놀다가 바로 출근해도 끄떡없던 시절 대신 수면 부족 탓을 해가며 피곤에 절어 무겁고 무기력함이 지속되는 날이 허다하다. "내 시력 2.0이야." 자신만만하게 자랑하던 시절 대신 생각지도 못한 안구건조증과 틈만 나면 콧물이 나오고 막혀버리는 비염 증상으로 고통스럽다. 이제는 오래 걸으면 무릎 관절에 통증이 온다. 여행을 하다 보면 체력이 떨어져 하루를 포기하고 숙소에서 쉬게 되는 일도 허다했다.

유럽 여행은 생각보다 볼거리가 많았다. 지금 생각나는 곳은 프랑스 파리, 마르세유, 밀라노, 바르셀로나, 이탈리아 로마, 스페인 팔마, 마드리드, 그리스 아테네 정도로 남는다. 유럽의 문화수도인 파리를 대표하는 랜드마크 에펠탑과 베르사유궁전, 로마의 랜드마크 콜로세움, 세계문화유산으로 지정된 이탈리아 피렌체, 바르셀로나 구엘공원은 관광하다가 지쳐서 쓰러지고 싶었던 기억이 생생하다.

콜로세움

로마 콜로세움에 갔을 때다. 로마 사람 같은 어떤 여자가 내 눈앞에서 앞사람이 매고 있던 가방의 지퍼를 여유롭게 내리는 장면을 발견했다. 나는 화들짝 놀라서 "언니, 뒤에 가방 조심하세요!"라고 소리를 질렀고 그 덕분에 위급한 상황을 모면할 수 있었다. 마침 앞사람은 한국 사람이라서 한국말을 알아들었으니 다행이었다. 그런 상황은 한두 번이 아니었다. 여행하는 내내 긴장하고 불안해서 에너지 소모량은 증가하고 더 피곤해진다. 아무쪼록 정신을 바짝 차려야겠다는 긴장감에 더 피곤했다. 유럽은 참 낭만적이고 아름다운 곳이지만 소매치기가 너무 많다는 단점이 있어 살짝 아쉽기도 했다.

소매치기는 지하철이나 트램 문 근처에서 핸드폰 같은 귀중품을 손에 들고 있는 사람을 노린다. 문이 닫히기 직전에 그걸 채간다. 문이 닫히면 그걸로 끝인 것이다. 사진을 찍으려고 들고 있는 폰을 지켜보고 있다가 위에서 쏙 빼가기도 한다. 사진 촬영을 부탁해도 절대 안 된다. 황당하게 돈을 요구하는 상황도 벌어진다.

파리 에펠탑 구경을 한 뒤 숙소로 돌아가는 길을 헤매던 중에 지하철역 앞 거리에서 야바위 하는 사람이 갑자기 접근했다. 게임을 하도록 자연스럽게 유도한다. 바로 달러를 꺼내보라며 흘려 빨리 하나를 뽑으라고 재촉한다. 분명 내가 뽑은 그곳에 있을 것 같은데 고르면 다른 곳에 가 있다. 그러다가 갖고 있는 현금 달러를 모두 털려버리는 경우가 허다하다. 그 외에도 수법이 많다. 사람들이 많은 관광지에 그림을 막 깔아놓고 그 그림을 밟으면 돈 내고 사라는 황당한 수법까지 있으니 주의가 필요

에펠탑

하다. 아름답고 로맨틱하기만 할 줄 알았던 나의 로망, 프랑스 파리는 나에게 신선한 충격을 주었다. 나는 생각보다 너무 많은 체력을 소모했다.

유럽 여행은 재빠른 행동력과 체력이 필수다. 유럽 여행 자체가 유난히 체력이 많이 부치는 것 같다. 특히나 일반적으로 유럽 여행을 가면 보름 정도는 머물다가 오는 경우가 많다. 여러 도시를 옮겨 다니며 여행을 해야 할 상황이 생기는데 그럴 때마다 캐리어 가방은 굉장히 짐이 된다. 끌고 다니는 것도 힘든데 가방 바퀴 소리까지 커서 주위 사람들의 시선을 한몸에 받을 것이다. 계단에서는 무거운 캐리어를 옮기고 나면 정말 힘이 왕창 빠진다. 개인에 따라 다르겠지만 나는 충분히 젊고 체력이 좋을 때 여행을 갔기 때문에 더 활기차고 생생하게 즐길 수 있었다고 생각한다.

유럽은 그 어떤 곳보다 세부 교통 수단과 일정 계획 잡기가 어려운 곳이다. 유럽에는 흔히 많이 가는 유명도시 말고도 훨씬 좋은 곳들이 많은데 그곳을 찾아 여행하는 게 간단하지 않다. 그래서 나는 20대 때, 젊고 패기가 있을 때 배낭여행을 꼭 한 번쯤 경험해보라고 권한다. 젊어서 고생은 사서도 한다는 말은 고생 후 남는 것이 분명이 있다는 뜻이다. 추억이든 사람이든 경험이든 최대한 빨리, 해볼 수 있을 때 해봤으면 좋겠다.

친구들과 처음으로 무작정 싱가포르 여행을 갔을 때다. 혈기왕성했던 우리는 금전적으로 여유롭지는 못했지만 체력만은 남부럽지 않았던 청춘이었다. 당시 여유롭지 못했던 우리는 호텔 대신 가성비의 끝판왕 유스호스텔에 첫 숙박을 도전했다. 숙소에 쓰는 돈이 아까웠고 그 돈으로 더 다양한 체험을 하고 싶었다. 숙박비가 매우 저렴했을 뿐아니라 다양한 국적을 가진 여행객을 만날 수 있는 기회이기도 했다. 당시 1박에 50달러 정도로 조식까지 제공이 되었다. 생각보다 시설이 깨끗하고 아늑한 분위기가 만족스러웠다. 공용화장실을 이용해야한다는 불편함과 2층 침대로 잠자리를 배정받아 철제 사다리를 올라가느라 발이 좀 아팠지만 직원도 친절했고 전반적으로 만족했다. 패기가 넘쳤던 그때는 싱가포르에 여행 왔다는 자체만으로도 너무 신나고 즐거웠다. 새로운 것을 체험할 수 있다는 것에 큰 의미를 두었던 여행이기에 가능했다.

느긋하게 이곳저곳을 꼼꼼히 살피며 대중교통 대신 튼튼한 내 다리를 이용했다. 우리는 무작정 걸었다. 작은 풍경들 하나하나가 궁금했고 직접 눈과 몸으로 느끼며 배우고 싶었다. 그 소소함에 즐거움과 행복을 느끼고 정겨운 경험을 할 수 있었다. 값비싼 음식 대신 저렴한 로컬음식을 먹기 위해 몇 시간씩 걸어 찾아가느라 시간과 체력이 소모되었지만 그 자체만으로도 의미 있었던 열정 가득한 순간이었다. 지금에 와서는 그런 선택을 하기가 쉽지 않다. 사실 몸이 힘들다. 몇 시간씩 걸어도 끄떡없던 무릎과 발목은 금세 반응이 온다. 밥도 제대로 된 음식을 든든히 먹지 않으면 힘이 안 난다.

나는 예전처럼 혈기왕성하지 않다. 나이가 들면서 그때만 한 열정도 식었고 새로운 것에 대한 호기심도 많이 줄어들었다. 굳이 어딘가에 시간과 돈을 투자해가며 새로운 체험을 해보고 싶다는 설렘도 사라지는 것 같다. 어릴 땐 불편함이 좋은 경험이고 색다른 체험이라 생각했다. 사실 지금은 새로운 경험을 하기 위해 굳이 불편한 여행을 할 자신이 없다. 어떻게 보면 이 설렘과 호기심이 사라지기 전에 여행을 다녀온 것이 정말 다행이라 생각한다.

나이만으로 빛나는 젊음! 가장 체력이 좋고 가장 외모가 빛을 발할 때 무언가를 많이 시도하고 도전해봐야 한다. 나도 조금이라도 더 어렸을 때 예쁜 바디 프로필을 찍어서 간직하고 싶었다. 더 늦기 전에 시도해보고 싶지만 예전만큼 용기가 나지 않는다. 확실히 철없을 때 무엇이든 일을 저질러보기 쉬운 것 같다. 나이를 조금씩 먹고 철이 드니 두려움이 먼저 앞선다. 계속 철들지 않고 열정 가득한 순간만 간직하고 싶다.

언제까지 젊을 줄 알고 마냥 여유 부릴 시간이 없다. 인생은 한순간에 절반까지 가 있을 것이다. 그러니 젊은 시절을 아름답고 소중하게 사용할 수 있기를 바란다.

청춘을 함부로 낭비하지 마세요.

청춘이 귀하면 귀할수록

인생의 남은 세월의 가치가 떨어지게 됩니다.

– 나교 –

05

'언젠가'라는 생각을 버릴 때 기회가 온다

"우리 여행 가자. 조금 더 젊을 때 너랑 나랑 추억 만들면 좋잖아."

"여행은 무슨. 나 지금 여행 갈 여유도 없고 여행을 좋아하는 편도 아
니고."

"그럼 언제 가려고?"

"글쎄, 언젠가 갈 때 되면 가겠지. 나중에 꼭 가자."

이렇게 말한 후 아직도 함께 여행 한 번 가지 못한 친구들이 있다. 이
세상에 여행을 싫어하는 사람들이 과연 몇이나 될까? 이건 지극히 주관
적인 관점으로 바라보았을 때 드는 의문이다. 여행을 싫어하지도 않고

좋아하지도 않을 수도 있다. 그러나 여행을 좋아해야 할 필요까지는 없어도 한 번쯤은 일상의 스트레스를 잠시 내려놓고 자기 자신에게 집중할 수 있는 소중한 기회를 가질 필요가 있다. '낯선 곳에 가서 굳이 힘들게 뭐하러 고생을 해.'라고 생각할 수도 있지만 생각보다 그 한 번의 시도가 여행의 벽을 허물어줄 것이다. 나도 과거엔 그랬다.

'언젠가 가족사진 찍을 수 있겠지!'
'언젠가 우리 가족 다 같이 여행 갈 수 있겠지!'

'언젠가는 할 수 있겠지.'라는 막연한 기대에서 결국 '언젠가'라는 단어만 남겨진 상태다. 난 오빠와 자주 싸웠지만 아무리 그래도 우리 둘은 힘든 시간을 함께 보낸 피붙이다. 나의 엄마 아빠는 내가 6살 되던 해 이혼을 했고 우리는 어느새 새엄마와 함께 살게 되었다. 친엄마가 아니라도 좋다. 새엄마와 가족사진을 꼭 한 번 찍어보고 싶었다. 하늘도 무심하신지 너무도 빨리 피붙이 오빠를 하늘로 데려가셨다. 남들에게는 그 흔한 가족사진이 나에게는 이토록 어려운 일인가! 오빠가 살아 있을 때 꼭 한 번 찍고 싶었는데. 아직 나에겐 가족사진이 없다.

오빠가 죽은 후에도 미련이 남아 안 되겠다 싶어 난 다시 가족사진을 찍어야겠다고 생각했다. 가족사진 찍는 곳에 예약을 하고 부모님께 꼭 사진을 찍자고 연락했다. 단번에 알았다고 답했다. 이번엔 가족사진을 찍을 수 있겠구나 싶었다. 가족사진 찍기로 한 당일 준비해서 가자고 말했더니 언니네 가족이 없으니 찍을 수 없다고 새엄마는 말했다. 언니네도 찍을 생각이 없었나 보다. 아무도 오지 않았다. 아무도 협조해주질 않았다. 언니네 가족과 함께 찍으면 당연히 좋겠지만 우선 예약을 했으니 아빠, 엄마, 나까지 셋이라도 찍자고 권했지만 결국 가족사진을 갖지 못했다. 허탈했다. 그 흔한 가족사진 갖는 게 이토록 어려울 줄 몰랐다.

내 기억에 어릴 적 친구 집에 놀러 가면 거실에 온 가족이 나란히 앉아 환하게 웃으며 다정하게 찍힌 가족사진이 있었다. 너무 예뻐 보이고 부럽기도 했었던 것 같다. 어릴 때부터 가족사진은 나의 로망이었다. 친구 집에 있었던 그 사진을 평생 잊을 수 없다.

'언젠간 되겠지, 언젠간 하겠지.'라는 막연한 기다림은 '언젠가'에서 끝났다. 후회로만 남은 것 같다. 어릴 때부터 난 가족의 사랑을 받고 싶었고 가족에게 사랑을 주고 싶었다. 살아 있는 아빠 엄마에게 지금 당장 사랑을 주지 않으면 난 또다시 후회하게 될 것이다. 후회로 남을까 진정 두렵다.

나는 단란하고 화목한 가정에 대한 로망이 크다. 언젠가 만날 사랑하는 남편도 단란하고 화목한 집안에서 자란 사람이었으면 하는 바람이 있다. 시댁은 웃음이 끊이질 않고 북적대고 식구가 많은 집이었으면 좋겠다. 늘 가정적인 남자를 꿈꿨다. 아직도 어딘가에 걸려 있는 가족사진을 보면 솔직히 마음이 아프다. SNS 속 사진을 보다가 이미 가정을 이룬 친구들의 가족사진을 보면 마음이 너무 찡하다. '어쩜 이렇게도 아름다울 수 있을까?' 너무 부럽기도 하고 난 아직 혼자인 걸 보면 솔직히 하늘도 원망하게 된다. '왜 아직 저에게 행복한 가족을 보내주지 않으시나요?' 그러면서 나는 아직 준비가 안 되었나 보다고 자책한다.

만인의 버킷리스트 '가족과 여행 가기'는 모두 꼭 실천하고 싶은 꿈일 것이다. 늘 함께했던 여행모임 동호회에서 일본 고급 료칸 온천여행을 주최하게 되었다. 친한 사람들과 단체로 가는 여행이라 부모님과의 첫 해외여행으로 서먹하지도 않고 좋을 것 같다는 느낌이 들었다. 크게 이동도 없고 료관에서 나오는 일본식 음식을 먹으며 언제든지 온천욕을 즐길 수 있는 여행이라서 너무 좋은 기회라 생각했다. 지금 아니면 또 '언젠가'로 끝날 것 같은 느낌이 들었다. 아버지는 곧 80살을 바라보시고 늦둥이 딸과 함께 여행 갈 시간이 얼마 남지 않았다는 생각에 내심 조급했다. 각자 가족이나 지인들과 함께 가기로 일정을 잡았다. 2박 3일 일정으로 비행 시간도 짧고 부모님과의 추억 만들기 여행은 일본이 딱 맞다는 생각을 했다. 난 바로 이때다 싶어 부모님께 일본 여행을 적극 권했다.

'이번엔 무조건 함께 가야지!'

난 작정을 하고 부푼 가슴으로 아빠에게 바로 전화를 걸었다. 대답은 다행히도 "Yes."였다. 아빠도 마침 일본 여행을 가고 싶어 했던 터라 정말 좋은 기회였던 것이다. 꼿꼿이 내 버킷리스트에 적혀 있던 '부모님과 해외여행 가기'를 드디어 이루는 순간이 온다니 감격이었다. 전화를 끊고 바로 비행기 표를 예약했다. 일본 여행을 가기위한 준비가 순조롭게 진행이 되어갔다. 출발 당일 오전 인천공항에 여행 동호회 사람들이 옹기종기 모여들었다. 나처럼 부모님과 함께하는 사람들이 꽤 많았다. 꽤 괜찮은 장면이다. 너무 좋았다. 말수가 없는 아버지라 내심 걱정했다. 낯선 사람들이 첫인사를 하고 반가움에 악수도 건넨다. 내가 꿈꿔왔던 장면이다. 많은 사람들과 다 함께 여행 가는 모습을 꿈꿨다. 너무 행복했다

비행기를 타고 무사히 나고야 국제공항에 도착했다. 우리를 픽업하러 와주신 버스기사님이 기다리고 있었다. 다 같이 그 버스를 타고 료칸으로 향했다. 도착한 그곳은 생각보다 고급스러웠다. 들어가자마자 정면으로 보이는 공간에는 정말 딱 일본스러운 느낌이 드는 다다미와 고급도자기가 있었고 고급스런 전통 기모노가 화려한 조명과 함께 걸려 있었다. 사방엔 바다가 보이고 공기도 좋은 곳이었다. 구비된 실내화를 신고 각자 방으로 올라갔다. 방으로 이동하는 길도 상당히 고풍스러웠다. 엘리

베이터를 타고 올라갔다. 방 창문으로 보이는 멋진 바다가 감사함을 불러일으켰다. 오션 뷰가 끝내줬다. 파도 소리까지 심신을 힐링해주는 듯했다.

　짐을 풀고 바로 온천욕을 하기로 했다. 각 객실에 준비된 유카타를 입고 온천욕을 하러 갔다. 층층마다 탕을 즐기기도 좋았지만 우린 우선 바다뷰를 보며 온천욕을 즐기기로 했다. 옥상에 있는 노천탕이 표현할 수 없을 만큼 멋진 뷰를 자랑했다. 양쪽으로 남탕과 여탕 전용이 있었고 중간에 제일 큰 탕은 혼탕이었다. 남자와 여자 가족 모두가 함께 온천욕을 즐길 수 있는 곳이었다. 대부분 노천 형식이라서 바깥바람을 쐬면서 노천온천에서 온천욕을 즐겼다. 눈앞에 보이는 너른 태평양이 한눈에 들어왔다. 이곳은 일본에서 가장 전망이 좋은 노천온천 1위라고 소개될 만큼 뷰가 멋졌다. 사케가 무료로 제공되는 시간대에 방문하면 따뜻한 사케를 마시면서 온천욕을 즐기는 영광도 기대할 수 있다. 충분히 온천욕을 즐긴 후 출출해진 배를 채우기 위해 식사를 했다. 음식의 비주얼과 맛 모두 만족이다. 일본가정식 느낌의 코스 요리와 카이세이 요리, 사시미, 생선 조림, 튀김 등 다양하게 준비되어 있었다. 깔끔하고 맛있는 음식까지 너무 행복했다.

　이렇게 2박 3일 태평양 뷰를 감상하며 여유롭게 온천욕을 함께 즐겼고 처음으로 부모님과 함께한 것이 너무 감사했다. 어느 누구에겐 아무것도 아닌 여행일 수 있지만 어릴 적부터 나는 부모님과 딱히 대화도 없고 교감도 없이 내심 마음속에 조용히 원망이 박힌 채로 살아온 터라 당시 나에겐 그 여행이 믿기지 않은 현실이었다. 여행을 하면서 느낀 것은 아빠와 새엄마 두 분이 아직 서로를 아끼고 사랑하신다는 것이었다. '아빠도 새엄마를 많이 의지하고 있구나.' 미우나 고우나 맨날 지지고 볶아도 부부싸움은 칼로 물 베기였다. 그렇게 두 분 함께 의지하고 사시는 모습을 보며 더 잘해야겠다고 다짐했다. 미워도 아빠 곁에 있는 새엄마가 너무 예뻐 보이고 감사했다. 이렇게 기회가 왔고 나의 또 다른 버킷리스트 한 개가 완성되었다.

내가 원하는 것을 머릿속에 담아두지만 말고

몸과 말로 표현하는 습관을 가지세요.

어느새 머릿속에 있던 것이 눈앞에 나와 있을 거예요.

-나교 -

06

건강할 때 떠나라

나는 건강에 굉장히 민감하고 건강정보에 관심이 많다. 살짝이라도 피곤하거나 아픈 증상이 있으면 바로 병원을 찾아가 진찰을 받아야 불안하지 않다. 손가락이 하나라도 좀 뻐근하다 싶으면 바로 정형외과를 찾아가 엑스레이를 찍었고 허리가 아프면 즉시 한의원을 가서 침을 맞았다. 항문상태가 조금이라도 따끔하고 살짝 피가 보이면 바로 항문내과 진료를 받았다. 산부인과도 틈만 나면 검사 받으러 간다. 주기적인 건강검진은 필수다. 주위에서 심각할 정도로 병적이라는 말을 잠시 들었던 적이 있다. 병적인 사람이라고 보여도 상관없다. 나는 사전에 미리 방지하고 싶을 뿐이다.

언제부턴가 시간이 부족해도 매일 30분씩 유산소 운동을 한다. 손발이 차갑고 추위를 잘 타는 체질이기 때문에 체온을 계속해서 올리기 위해 최선을 다하는 편이다. 매일 적게는 10분씩만이라도 반신욕도 하고 있다. 사람은 아래가 뜨겁고 상체는 차가워야 한다. 그리고 체온 1도에 따라 면역력이 좌우되기 때문에 열 순환을 꾸준히 해야 할 필요가 있다. 우리 몸의 체온은 평균 36.5라고 알려져 있다. 온도가 올라가면 심장박동이 올라가면서 따뜻한 혈액이 순환되기 때문에 매우 좋다고 한다.

음식이 어디에 좋은지, 먹었을 때 나에게 유익한지 상당히 고려하고 먹는 편이고 느끼한 음식이나 인스턴트음식은 입에도 대지 않는다. 1년에 한두 번 먹을까 말까 할 정도다. 어떤 음식을 검색해서 음식의 효능에 대해서도 열심히 찾아보는 타입이다. 이렇게 된 동기는 워낙에 철저히 관리하시는 아버지의 영향이기도 하지만 아마도 몇 년 전에 고통스러웠던 트라우마 때문일 것 같다. 죽을 만큼 아팠던 기억뿐이다. 제대로 기억나진 않지만 너무 아파서 이대로 죽을 수도 있겠다는 생각까지 들었다. 난 혼자 살았고 폰을 찾아 버튼을 누를 힘조차 없었다. 그만큼 그런 경험으로 인해 내 몸이 조금이라도 의심되면 남들보다 몇 배는 더 신경 써서 관리해야 할 필요성을 느꼈다.

신체가 건강하지 않으면 정신도 건강하지 못하다. 기본적으로 운동을 생활화하고 규칙적인 식사만 잘 지켜도 건강할 수 있다고 말한다. 그중 걷기를 생활화하라고 강조한다. 걷기는 최고의 유산소 운동이다. 움직이는 것만으로도 운동이 되니 얼마나 간단한가. 걷기만으로도 허리 디스크와 무릎연골이 더 튼튼해진다는 연구발표도 있다. 젊을 때 꾸준히 걸어 수명을 잘 저축해두면 나이가 들어서 요긴하게 찾아 쓸 수 있다고 한다. 하루에 만보 이상이면 금상첨화겠지만 최소한 30분 이상씩 걸을 수 있도록 노력하는 자세가 필요하다.

우리는 건강할 때 많은 경험과 행복을 누릴 권리가 있다. 우리는 훗날 행복했던 과거를 회상하며 추억을 먹고산다. 누구나 생전 후회 없이 아름다웠던 추억과 경험을 회상하며 노년을 보내고 싶을 것이다. 죽기 전에 가장 많이 후회하는 리스트 중 하나는 '나는 그렇게까지 열심히 일할 필요는 없었다.'라는 것이다. 바쁘다는 핑계로 시간에 쫓겨 건강관리도 제대로 할 시간 없이 오로지 돈을 벌기 위해 살았다는 것이다. 남들과 비교해가며 남들보다 잘 살고 싶고 성공하기 위해 자신이 가장 소중하게 생각하는 가족과 아이들에게 그리고 자신에게 소홀했다는 것이다.

"나는 사랑하는 가족과 아이들과 내 자신을 위해 더 많은 시간을 보내야 했어."

모두 이렇게 후회를 한다.

맞다. 나도 후회를 하고 조금씩 나아지려 노력하고 있다. 하나뿐인 오빠를 먼저 하늘로 보내고 함께 못다 한 추억에 아쉬워하며 살고 있다. 나 역시 다시는 아프지 않기 위해 꾸준히 건강검진도 받고 심혈을 기울이며 관리하고 있다. 건강할 때 어디든 떠나보라고 말하고 싶다. 우리를 가장 행복하게 하는 활동에는 여행, 운동, 수다, 걷기, 먹기, 명상 등이 포함된다. 결론은 건강할 때 이 모든 것이 가능한 것이다. 건강해야 행복도 따라온다. 행복을 추구하기 위해 우리는 부단히 노력해야 할 필요가 있다.

예전에 TV를 보며 너무 안타까웠던 사연이 기억난다. 왕년 최고의 춤꾼 강원래는 2000년 11월 오토바이 사고를 당했다. 당시 강남의 신논현역 사거리를 좌회전하는 과정에서 불법 유턴한 사람과 충돌해버린 사건이다. 이 교통사고로 인해 한동안 의식이 없는 상태로 지내다가 겨우 살아나긴 했지만 '하반신마비' 판정을 받은 그는 결국 가수활동을 중단할 수밖에 없었다. 이후 재활치료를 받게 되면서 클론은 사실상 해체되었다. 당시 가요계에 황제라고 불릴 만큼 대단한 인기를 누렸고 사고 없이 꾸준히 활동을 했다면 한국댄스의 역사가 바뀌었을 거라는 말도 있었다는데 정말 가슴이 아프지 않은가. 댄서이자 화려한 가수로 살아오다가 한순간에 다리를 쓰지 못하게 되었으니 정말 이 세상은 한치 앞을 모른다는 생각이 들었다.

　멀쩡하던 사람이 갑자기 장애인이 되면서 동시에 일자리까지 잃어버렸으니 뭐라 표현할 수 없다. 심적 스트레스는 어마어마했을 것 같다. 그 상황을 받아들이기까지 얼마나 많은 시련이 있었을까. 실제로 후천적 장애인이 된 사람이 대부분 장애를 받아들이기까지 길게는 5년 정도의 시간이 걸린다고 한다. 그 과정에서 우울증과 무기력증, 분노장애 같은 것들이 동반된다고 하는데 생각만 해도 마음이 찢어진다. 앞으로 우리의 현실은 어떻게 변할지 아무도 모른다. 이 세상이 천국으로 보일지 지옥으로 보일지는 본인의 노력으로 만들어지겠지만 앞으로의 운명은 아무도 모르는 것이다. 내가 지금 운명을 거론할 상황은 아니지만 여하튼 인간에게 주어진 피할 수 없는 부분이라 생각한다. 행복을 추구하기 위해 우리는 부단히 노력해야할 필요가 있다고 생각한다.

　일본 나고야 여행 첫날부터 지독한 감기에 걸린 적이 있다. 콧물, 코막힘에 기침, 인후통까지 있었다. 몸은 춥고 걸어 다닐 힘조차 없었다. 나는 예전부터 잔병치레를 하는 편이었다. 몸이 아프니 정신적으로 즐겁지도 않았다. 여행 첫날부터 황당할 지경이다. 감기바이러스는 사람의 코나 목을 통해 들어와 감염을 일으킨다. 여행 전날 부푼 마음에 잠 한숨 못 자고 간 탓인지 면역력이 약해진 것인지 감기에 걸린 것 같았다. 수면 시간이 부족한 사람들이 감기에 더 쉽게 노출된다는 것은 누구나 다 아는 사실이다. 체력 유지는 상당히 필요하다. 여행 중에 나도 힘들지만 계속 기침을 하고 콧물을 흘리면서 다니면 주위 사람들에게 얼마나 민폐인지 모른다. 마스크를 쓰고 다녀도 마찬가지다.

가까운 돈 키호테(간토 지방을 중심으로 일본의 주요 도시에서 종합 할인 매장을 전개하는 회사)에 들어가서 감기약을 샀다. 한국 감기약에 비해 정말 비싸다는 생각을 했다. 약을 마시기 위해 겨우 식사를 하고 감기약을 먹었다. 호전되는 느낌은 전혀 들지 않았다. 함께 여행 간 친구는 무슨 죄인지 아픈 나 때문에 제대로 여행도 못하고 나를 돌봐주기에 바빴다. 너무 미안한 마음에 감기가 다 나은 듯 행동했다. 친구에게 말했다.

"나 약 먹고 좋아진 것 같아. 모처럼 여행 왔는데 이제 즐겨야지?"
"오케이! 콜!"

그렇게 우리는 신나는 마음으로 다시 여행을 즐기기로 했다. 모처럼 여행 왔으니 저녁에 식사 후 술 한잔은 기본코스다. 나는 술이 약한 편이지만 술 한잔에 취해 텐션이 높아지면 계속 마시는 경향이 종종 있다.

"정신은 육체를 지배한댔어! 술 한잔 마시고 감기야 떠나라!"

난 그렇게 믿기로 했다. 다음 날 아침 눈을 뜨고 친구에게 말을 하려고 하는데 목소리가 쉬다 못해 나오지 않았다. '성대에 문제가 생겼나?' 전날 술 한잔과 무리한 탓에 더 심각해진 모양이다. '정신이 육체를 지배하지 못하는 순간도 있구나. 난 당분간 벙어리다.' 같이 여행 간 친구와는 옆에서 카톡으로 대화해야 했고 그 친구는 벙어리 한명을 끌고 다니며 여행한 셈이다. 나는 한마디로 짐이었다. 그때를 생각하면 너무 미안하다. 본인 몸 관리는 필수다. 요즘에는 몸 관리 잘하는 것도 능력이다.

체력이 다르면 경험도 다르다. 여행을 하다 보면 정말 끊임없이 걸어야 할 상황이 많다. 휴양지로 가지 않는 이상은 거의 움직여야 하는 것이 여행이다. 여행은 체력이 돼야 할 수 있고 건강해야 즐길 수 있다. 젊고 건강하다는 것, 그것은 진정한 축복이다.

내 신체에 감사하는 것이

자신을 더 사랑하는 열쇠임을

비로소 깨달았다.

- 오프라 윈프리 -

07

걷기 좋은 때는 지금이다

　가끔은 한강공원을 사랑하는 사람과 손을 잡고 걷고 싶을 때가 있다. 손을 잡고 아무 생각 없이 걷기만 해도 아주 낭만적이다. 저녁에 밥 먹고 소화시킬 겸 한강공원에 가서 야경 감상도 하고 돗자리를 펴고 한가롭게 치맥 한잔의 여유를 즐기는 이들을 많이 보았을 것이다. 가끔 뚝섬한강공원에 가면 길거리 공연하는 버스커들도 많았던 것 같다. 잠시 노래감상도 하고 무작정 손잡고 데이트했던 기억이 난다. 걷는 것만으로도 건강해진다. 기초대사를 높여주거나 에너지 소비량을 늘리는 데도 도움이 된다고 한다. 치매예방에도 좋다고 보도된 적 있다. 다이어트뿐만 아니라 성인병예방도 되고 혈압뿐만 아니라 콜레스테롤 수치까지 떨어뜨리

는 효능이 있다고 한다. 심장질환, 당뇨병까지 예방하는데, 이렇게 좋은
건 다들 알고 있을 텐데 막상 걸으려고 하면 귀찮아서 움직이지 않으려
한다.

　도쿄로 자유여행 갔을 때다. 당시 만나던 남자친구와 함께 즉흥적으로
여행을 떠났다. 이번 여행의 테마는 많이 걷는 먹방투어로 정했다. 둘 다
도쿄 여행은 처음이라 막연히 불안하면서도 설레는 마음으로 떠났다. 도
쿄라고 하면 신주쿠가 제일 먼저 떠오른다. 신주쿠에 위치한 게이오호텔
로 숙소를 잡았다. 신주쿠는 우리나라 강남처럼 계획에 의해 발전한 부
도심이다. 일본 최대 번화가라고 할 수 있다. 신주쿠를 중심으로 이동을
하기로 했다. 그 당시 8월 말에서 9월 초쯤으로 기억한다. 대략 기온이
21~25도 정도의 딱 걷기 좋은, 생각보다 시원한 날씨였다. 적당히 좋은
날씨였다.

　신주쿠에서 토에이 오오에도센 순환부에 탑승해서 어시장이 있는 츠
키지시죠역으로 바로 갈까도 생각했다. 약 20분 소요되는 거리다. 츠키
지 시장에가서 우선 먹방투어 시간을 가질까 생각을 했는데 우린 아직
심각하게 배고픔을 느끼지 못했다. 동시에 우리 둘은 "좀 더 걷자. 배고
플 때 이빠이 먹게!"로 통일했다. 그렇게 합의한 우리는 지하철을 타고
긴자거리를 향했다. 유명백화점과 고급전문점들이 밀집한 곳이다. 일본

의 유행중심지이고 히비야와 츠키지를 연결하는 하루미거리는 신흥번화
가다. 도쿄에서 가장 비싼 거리, 상류층의 거리라는 이미지가 있어서 우
리 그곳의 에너지를 느끼기 위해 거리 곳곳을 열심히 돌아다녔다.

우리 둘은 손을 꼭 잡고 산책 나온 기분으로 천천히 그 순간을 감상했
다. 긴자하루미도리와 쇼오도리가 만나는 사거리에 있는 카부키자 앞을
지나가는데 건물이 너무 예뻐 보였다. 카부키 연극을 보면서 문화적 체
험을 할 수 있는 곳이다. 공연 관람은 관심 없었고 우린 셀카봉을 들고
우리 사진 찍기에 바빴다. 그때만큼은 순수한 아이로 돌아가게 된다. 마
냥 신나서 지구 끝까지 걸을 수 있을 것 같았다. 구글 맵이 있으니 어디
든 두렵지 않았다. 남자친구는 구급 맵을 보며 열심히 나를 인도해주었
다. 난 그냥 손만 잡고 따라가면 된다.

"이 손 잘 잡고 따라와!"

어찌나 든든하던지 무엇이든 척척 알아서 해주는 센스가 남달랐다. 너
무 믿음직스러웠다. 남자친구가 더 사랑스럽게 보였다. 긴자의 거리는
사람들로 가득한 상당한 번화가였다. 우리나라 청담동이나 압구정 같은
느낌에 가끔은 종로를 예상하면 되겠다. 긴자의 명품거리에 감탄사를 내
뱉고 눈을 뗄 수가 없었다. 지나가는데 사람들이 북적한 디저트집이 하

나 보였다. 1935년부터 귀족과 상류층 인사들이 애용한 역사 깊은 와코 백화점 건너편에 위치한 다이후쿠가게 아게호노로 일본의 찹쌀떡인 듯했다. 달달한 '다이후쿠'는 걷느라 지쳤을 때 당을 보충할 거리로 딱 좋을 듯했다. 일본 전통 디저트를 먹으며 우린 열심히 걷기로 했다. 긴자에서 츠키지 시장으로 대략 10~15분 정도 걸었던 것 같다. 히가시긴자역 방향으로 그냥 쭉 걸어갔다. 슬슬 배가 출출해졌다. "나 배고파. 빨리 우리 뭐 좀 먹어야겠어!" 나는 배고픔을 참지 못하는 편이다. 상당히 예민해지고 말이 없어진다. 힘이 없어지니까. 내 몸은 단순하다. 배 채우면 또 신나서 날뛴다. 배터리가 떨어지면 힘이 빠진다. 그래서 늘 비상식량이 준비되어 있어야 한다.

가게를 지나갈 때마다 맛있는 해산물들과 신선한 냄새는 견디기 힘들었다. 후딱 맛집을 찾아 배를 든든히 채운 후 최상의 컨디션으로 다음 장소로 이동했다. 도로에서 뒤가 들려 있는 신기한 차도 봤다. 지나가는데 희귀한 명품 아이템이 참 많은 듯했다. 명품숍은 그냥 눈을 감고 걸었다. 마음만 아파진다. 이번 여행은 쇼핑이 목적이 아니니 참기로 했다. 우린 이곳저곳을 감상하며 무작정 걸었다. 긴자에서 롯폰기까지 약 50분 정도 걸렸던 것 같다. 걷는 내내 우린 많은 이야기를 나누었다. 구글 맵을 들고 낯선 길도 함께 찾았다. '이 길이 맞을까, 저 길이 맞을까?'

"오른쪽 아니야?"

"아니야, 한 블록 더 가서 오른쪽이야."

"나만 믿고 따라와."

그냥 그 자체가 너무 즐겁고 행복했다. 사진도 찍으면서 여유롭게 걷다 보니 도착한 도쿄 롯본기는 이태원 느낌이 나면서 압구정스러웠다. 밤 문화를 즐기기 좋은 곳이다. 밤이 되면 술을 마시거나 클럽으로 오는 젊은 사람들로 붐비는 대표적인 유흥가이다. 손을 꼭 잡고 걸어야 하는데 저 멀리 도쿄의 상징 도쿄타워가 보였다. 해가지고 유독 더 빛나 보이는 반짝이는 도쿄타워 야경은 참 예뻐 보였다. 도쿄타워는 바라봐야 멋있는 것 같다. 롯본기 힐즈건물이 워낙 높아서 구글지도 없이 건물위치를 보면서 찾아갔다. 전시된 조형물들 앞에서 간단히 사진을 찍고 미드타운 스타벅스에서 잠시 커피 한잔의 여유를 즐겼다. 많이 걸었으니 잠시 쉬는 여유도 필요하다. 바로 옆 고급 아파트와 파워스폿 신사가 있는 아카사카도 한 바퀴 돌며 산책했다. 아카사카는 정치가나 사업가 연예인 세계 각국의 부유층이 즐기는 곳이라 한다. 아카사카에서 롯본기로 걸어가며 도심 속 자연을 느낄 수 있는 히노키초공원도 산책했다. 너무 멋졌다. 졸졸 흐르는 작은 시냇물 같은 것도 있고 은은하게 나는 풀냄새도 좋았다. 참 고요했고 그곳을 걷는 것만으로도 힐링이 되는 듯했다.

롯본기 인근에서 가장 핫한 복합문화공간인 도쿄미드타운에는 꽤나 볼거리가 많았다. 우린 계속해서 걸었고 힘든 줄도 몰랐다. 출출함을 달래기 위해 미드타운에서 저녁을 먹고 바로옆에 붙은 리츠칼튼 53층으로 향했다. 간단히 와인 한잔하며 도쿄의 야경을 감상할 겸 앉았다. 빨려 들어갈 듯 도쿄 시내는 너무 아름다웠다. 감탄사가 절로 나온다. 멍하니 그대로 감상했다. 우린 그 순간만큼은 서로의 시간을 존중해줬다. 시간이 멈췄으면 했다. 분위기에 취해 와인 한잔의 낭만적인 여유를 즐기고 있었다. 다음 날 우리는 시부야로 향했다. 시부야 스크램블 교차로에 서서 우리 둘은 셀카봉을 들고 사진을 마구 찍어댔다. 2분 간격으로 거대한 인파의 흐름 속으로 떠밀려 건너간다는 게 엄청난 경험이라 생각했다. 걸으며 잊을 수 없는 추억을 담는다는 것은 너무 신나는 일이다.

다음은 레인보우 브리지로 연결되어 있는 오다이바를 찾았다. 화창한 오후엔 해변공원 주변을 걸었다. 생각보다 덥지 않아 좋았다. 다코야끼랑 음료수를 먹으며 해변감상을 했다. 오다이바의 상징 중 하나인 일본 자유의 여신상을 보며 일본 속 뉴욕의 느낌까지 더해졌다. 오다이바건담과 다이버시티도 걸어서 가기 충분했다. 고생한 발을 위해 또 휴식이 필요했다. 오다이바 일정과 같이 묶어서 오오에도 온천을 즐기기로 했다. 도쿄의 유일한 온천이다. 일본스러움이 정말 물씬 풍기는 곳이었다. 제일 작은 스몰 유카다를 받고 입장! 알록달록 예쁜 등들이 엄청 화려해 보였고 식당가에는 다양한 먹거리가 준비되어 있었다. 사람들도 꽤 많았다. 야외로 나갔더니 영화 속 한 장면 같았다. 야외족욕을 하며 자연을 감상했다. 지압시설과 살랑살랑 부는 바람에 흔들리는 예쁜 종소리까지 내 마음을 살살 녹였다.

해가 지고 저녁이 되니 초가을 환상적인 날씨다. 이럴 때는 무조건 걸어줘야 낭만이 있는 법. 살랑살랑 가을바람이 부는 가운데 반짝반짝 빛나는 레인보우 브리지와 자유의 여신상이 보이는 야경은 최고였다. 아주 즐겁게 발바닥 아프도록 돌아다녔던 잊을수 없는 여행이다.

※ 일본 지도

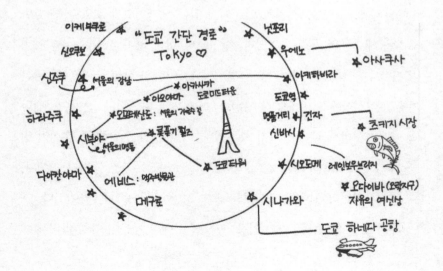

행복 공식

걷기+먹기+수다+여행+운동+명상=행복

- 〈굿 라이프〉 -

08

내 인생에 리셋이 필요할 때

　어떤 시스템의 일부가 과열현상을 일으키거나 이상해지면 리셋버튼을 눌러줘야 한다. 살다 보면 인생에도 리셋이 필요한 순간이 반드시 온다. 힘든 일이 연속되고 고민도 많아지고 우울감에 계속 빠져 있다 보면 될 일도 안 된다. 지금이 암울하다고 해서 계속 우울에 빠질 필요가 없는 것이다. 정말 힘들고 어려운 순간은 결국 지나가게 되어 있고 그 시간을 어떻게 버티고 일어서는지에 따라 우리는 성장하게 된다. 어떤 것을 보고 느끼고 경험하는지에 따라 기회는 만들어진다고 생각한다. 조금 더 많은 기회를 위해서 지금보다 더 넓게 보고 시야를 돌려보는 것은 어떨까? 이 복잡하고 지긋지긋한 현실을 잠시 버리고 떠나보자. 꿈 같은 휴식을 보내는 건 인생에서 꼭 필요한 부분이다.

나도 지긋지긋한 현실에서 도피하고 싶었던 적이 있었다. 변화가 필요하고 막막했다. 하루하루 후회의 연속에 그냥 죽어버리고 싶을 때도 있었다. 술 한잔의 위로도 한계가 있다. 몸만 힘들고 망가질 뿐이다. 모든 게 내 맘대로 내 뜻대로 안 되는 이 세상이 너무 싫었다. 세상에 모든 쌍욕을 하고 싶었다. 세상은 너무 차갑고 나를 지치게 만들었다. 나를 구원해줄 어딘가가 필요했다. 가끔은 바다를 보며 미친 듯이 펑펑 울고 싶을 때도 있었다.

그럴 때쯤 떠난 에메랄드빛 바다가 눈부시게 빛나는 그곳, 몰디브는 진정 천상의 낙원이었다. 럭셔리한 시설은 기본이고 서비스도 최상급이라 진정한 힐링이 되는 장소였다. 환상적인 최고의 휴양지였다. 몰디브는 연중 고온 다습한 기후로 1년 내내 휴양을 즐길 수 있다. 10월의 몰디브는 뜨겁고 바람이 강했다. 가끔 비도 시원하게 퍼부었다. 하루 종일 계속 내리는 비는 아니었다. 잠시 스쳐지나가는 스콜성 비라고 했다. 테라스에 앉아 에메랄드빛 바다에 내리고 있는 비를 감상하며 멍 때리고 있으면 가슴이 뚫린다. 빗소리도 너무 좋고 운치 있는 그 느낌은 뭐라 표현할 수 없다.

몰디브

1,190여 개의 산호섬과 수백 개의 해변으로 이루어진 몰디브는 진정 매력적인 여행지다. 따뜻한 태양빛에 빛나는 몰디브 바다를 생각만 해도 떨리고 설렌다. 바다 한가운데에 떠 있는 숙소는 정말 그림 같았다. 숙소 바닥은 깨끗한 바다가 훤히 보였고 바다와 수영장은 함께 붙어 경계선을 느끼지 못했다. 인도양 바닷물은 시시각각으로 변하는 것 같았다. 방에서 바로 이어진 바다로 내려가 수영도 즐겼다. 정말 그림 같았다. 이 순간이 꿈만 같았다. 해가 지는 노을을 바라보며 마냥 울었다. 그냥 눈물이 났다. 서러움과 기쁨의 눈물이 반반이었을까.

이 세상에 존재하고 있는 내가 너무 감사하고 이런 아름다운 광경을 볼 수 있는 두 눈이 있다는 것이 감사했다. 나를 더 사랑하기로 했다. 그동안 내 인생이 고단했고 힘들고 그래서 더 원망했던 나 자신에게 미안했다. 심리요법 같은 거였을까? 내 아픔과 상처에 집중하면서 기쁘고 좋았던 기억도 함께 떠올랐다. 여행은 나를 찾는 시간이다. 일상의 스트레스를 잠시 내려놓고 자신에게 집중할 수 있는 소중한 기회라 생각한다.

내 영혼을 증명하기 위해 떠나는 시간이다. 그 시간을 오로지 나를 위해 쓰기로 했다. 그 순간만큼은 다 잊고 모히또 한잔의 여유도 만끽하며 그동안의 나를 돌아보는 시간을 가지게 되어 너무 행복했다. 고요한 밤바다 한가운데 잔잔한 파도에 발을 담그고 있었다. 바람은 불고 시원했다. 바람이 가는 대로 나 자신을 놓았다. 나란히 펼쳐진 바다 위에 떠 있는 수십 개의 방마다 붉은 전등이 빛나고 있었다. 잔잔한 파도소리와 바람소리만 들린다. 방에서는 처음 들어보는 재즈 음악이 흘러나와 내 감성을 더 자극시켰다.

화창한 오후에는 숲이 있는 섬으로 산책을 위해 걸어갔다. 사람들이 아무도 보이지 않았다. 내가 섬 한 바퀴를 도는 동안 한 명도 만나지 못했다. 그런 기분은 좀 신선했다. 살짝 무섭기도 하면서도 자유로움을 느끼고 있는 이 순간이 마냥 자유로웠다. 그 누구의 간섭과 방해를 받지 않은 그 순간이 진정 천국이었다. 혼자만의 시간을 편하게 보내고 자신을 치유하는 일은 정말 필요하다. 혼자만의 시간은 항상 주어지는 것도 아니다.

나는 어릴 적 친구들과 무리 지어 다니는 걸 참 좋아했다. 어릴 적 학창시절에는 친구 많은 게 자랑인 줄 알았다. 철없던 과거 그때는 친구들이 마냥 좋았고 사랑했다. 함께 즐기고 노는 게 의리를 지키는 일이라 생각했다. 함께 밥을 먹고 하루에 커피숍을 3번 이상 다니며 친구들과 수다를 반복했다. 그때는 그게 무의미한 시간인지 미처 알지 못했다. 20대 풋풋한 젊음과 가능성의 열기가 남아 있는데도 전혀 깨닫지 못했다. 가끔은 친한 친구와의 수다가 시간 낭비일 때도 있다. 전적으로 나쁘다는 소리는 아니지만 그렇다고 누군가와 늘 함께 있다고 좋은 영향을 받는 것도 아니란 말이다.

난 언제부턴가 홀로서기를 시작했다. 혼자 밥을 먹는 연습을 했고 혼자 커피숍에서 책 읽는 연습을 했다. 남을 의식하며 살지 않는 인생을 선택했고 모든 사람과 잘 지내기 위해 노력하지도 않았다. 아니 그럴 필요가 없었다. 오롯이 나 자신을 위해서 쓰는 시간을 늘려가기 시작했다. 자연적으로 친구들과의 연락도 서서히 끊겼고 정신없었던 내 휴대폰 벨도 잠잠해져갔다. 비우면 다른 것으로 채워지는 것 같다. 외로움에 익숙해지고 외로움과 하나가 되어갈 때 또 다른 무언가가 온다. 잠시 모든 것을 내려놓았을 때 변화는 찾아왔다.

그렇게 비우고 나만의 시간이 더 많아졌고 여행을 다니며 책을 읽기 시작했다. 책을 읽다 보니 내가 원하는 것이 스멀스멀 올라왔다. 그러다가 어떤 것을 계속 찾게 되는 욕망이 생겨났다. 산만했던 내가 교양이 생겼고 고독의 기술이 생겼다. 그토록 수다스럽던 내가 말수가 줄고 차분해졌다. 누군가 내 말을 들어주길 원하게 됐다. 나는 이제 나와 공감해줄 수 있는 누군가 필요했다. 지난 세월의 고단한 싸움을 혼자 견디는 동안 수행해야 했던 과제가 너무 많았기 때문이다.

여행은 우리에게 변화의 계기를 준다. 나를 볼 수 있고 초심으로 돌아갈 수 있는 기회이며 나를 다시 재탄생시킨다. 힘들다고 주저앉아 있지만 말고 인생 리셋을 위해 정말 말 그대로 '휴식'을 갖길 바란다. 아직도 터무니없이 부족하다. 하지만 늘 희망을 갖고 살아간다. 지금까지의 상처와 망설임을 뒤로하고 다음 단계의 삶으로 나아가기 위해 발버둥 친다. 오늘보다 더 나은 내일을 꿈꾸며 살고 싶다. 살아가면서 수많은 스트레스와 장애물이 닥치므로 계속 리셋하며 살아갈 기회를 만드는 것이 중요한 것 같다. 언젠가 인생의 거친 파도를 만나도 리셋 버튼을 가뿐히 누를 준비가 되어 있는 사람이 되길 바란다.

의식적으로 스스로에게 휴식을 허락하라.

'잠시 멈추세요. 휴식하세요. 충전하세요.'

지금부터 내 삶을 리셋한다. 지금까지 불행했다고 믿었던 인생은 다 지워버리고 앞으로 새로운 나 자신을 만들면 되는 것이다. 새롭게 재부팅하자. 나는 이렇게 전환점을 만들기 위해 끊임없이 시도했다.

몰디브 여행은 내 생애의 잊을 수 없는 최고의 선택이었다. 다시 갈 때는 사랑하는 남자와 함께 가리라 다짐한다. 언젠가 꼭 이룰 수 있기를.

바쁘게 살다 보면 그냥 막 달리게 됩니다.

인생의 의미에 대해 생각하는 기회를 갖지 못한 채.

그래서 느리게 생각할 수 있는 장소로

여행을 떠나 보는 것이 중요합니다.

- 나교 -

3 장

여행은 나를 용기 있게 만든다

01

20개국 여행은 뜨겁고 달달했다

우울할 때나 스트레스를 받을 때 단 음식을 먹으면 기분이 좋아진다는 속설에 대해 들어본적이 있을 것이다. 초콜릿과 같은 당분을 섭취하게 되면 뇌에서는 '세로토닌'이라는 신경 전달 물질을 활발히 분비하기 때문 이라고 한다. 나는 달달한 음식을 그다지 좋아하지 않지만 가끔 필요한 순간은 있었다. 정말 에너지가 급하게 필요할 때 달달한 음식을 먹으면 기분이 좋아지는 듯한 느낌을 받기도 했다.

여행도 나에겐 아주 큰 '세로토닌' 같은 의미다. 달달했던 나의 여행은 내 삶의 오아시스를 찾는 축제와도 같았다. 나는 현실에 안주하지 못했고 미래는 불안했다. 과거를 떠올리면 분노와 원망이 치솟았고 모든 게 불공평한 이 세계가 못마땅했다. 내겐 지울 수 없는 억울했던 과거가 있고 마냥 우울하고 늘 스트레스가 연속인데 난 그냥 웃고 있었다. '내가 웃는 게 웃는 게 아니야.' 어느 노래 가사처럼 나도 그랬다. 껍데기만 웃고 있는 현실에 인정해야 했다. '난 괜찮아.'라고 매번 세뇌시키는 것이 할 수 있는 전부였다. 그렇게 해서라도 내 상황을 부정하고 싶지 않았으니까.

내 인생에 일탈의 기적을 느꼈던 여행 속에 난 삶의 이유를 알게 되었다. 세상은 너무도 아름다웠고 매 순간 빨리 달리는 게 중요하지 않았다. 가끔은 빠르게 달리는 차 안에서 내려 산책로를 걸으며 길가에 핀 꽃들을 감상하자. 예쁘게 핀 꽃과 풀 냄새를 맡고 새 소리를 들으며 감탄하고 감동받을 줄도 알아야 한다. 나는 그 소소함에 행복을 느끼며 인생의 쓴맛을 단맛으로 전환시키는 법을 알아가고 있었다.

2016년, 크루즈 여행의 첫맛을 보았다. 만인의 로망 크루즈 여행은 나이를 먹고 가는 여행인 줄 알았다. 중간중간 기항지에서 내려 낯선 여러 나라의 땅도 밟아보고 모든 것이 신기했다. 내 생애 그런 큰 배를 타볼 수 있을까 싶었는데 머나먼 남의 일일 것만 같았던 영화 속 '타이타닉'을 실제로 경험할 수 있는 절호의 기회가 왔다. 배에는 파티장, 스파와 피트니스, 수영장, 워터파크, 면세점, 웨스트엔드 규모의 극장, 클럽, 카지노, 아이스링크등이 있어 실제로 크루즈는 최고급 호텔보다 더 화려하고 호화스러운 바다 위 빌딩이다.

정말 감동적이었던 것은 배에서 일출과 일몰을 감상하는 일이었다. 서부 지중해 크루즈이다 보니 늘 화창했다. 그토록 아름다운 일출과 일몰은 처음이었다. 오션뷰 발코니룸에서 와인 한잔하며 바다를 감상했던 일은 결코 잊을 수 없다. 크루즈 안에서의 경험도 환상적이었지만 유럽 문화를 만날 수 있는 사보나, 마르세유, 바르셀로나, 팔마데마요르카, 팔레르모, 로마, 라스페치아를 기항지로 돌아보는 코스도 최고였다. 프랑스 파리와 이탈리아 제노바 시청광장과 두오모성당, 가리발디거리, 페라리광장은 맛보기로 즐겼다. 제노바에서 택시를 타고 사보나항으로 향했다.

르네상스나 바로크양식의 성당궁전이 있는 항구도시 사보나에서 여행은 시작되었다. 푸른 하늘과 맑은 공기에 잔잔한 바다의 조합은 그야말로 천국이었다. 그동안 쌓인 스트레스와 모든 피로를 날려보내기에 충분했다. 매일 진행되는 프로그램들과 영화 속에 나오는 파티를 즐기며 일상에 찌든 나를 버렸다. 무한대로 먹을 수 있는 다양한 뷔페 음식과 맘껏 흥에 취해 즐길 수 있는 여러 뮤지컬 공연과 클럽을 이용할 수 있었다. 중앙홀에서 즐기는 간단히 차나 와인 한잔의 여유와 라이브음악 감상은 낭만이 있었다. 낮에는 수영을 하고 헬스장에서 운동을 즐겼다. 시원한 바람을 쐬기 위해 선상 밖으로 나갔다. 흔들림도 전혀 없이 안정감이 있어 전혀 무섭지 않았다. 달리는 바다 위에서 휘날리는 바람과 함께 칵테일 한잔하며 옆자리에 앉아 있는 유럽 사람들과 눈빛 교환을 나누고 사진도 찍었다.

다음 날 아침 마음껏 식사 후 마르세유로 향했다. 지중해 연안에 위치한 프랑스 제2의 도시 지중해 최대의 항구도시다. 한눈에 봐도 역사가 오래되어 보이고 앤티크한 느낌의 건물들이 영화 속의 한 장면 같았다. 역사적인 건물들이 많이 몰려 있었고 빈티지한 가게들과 파스텔 톤 건물들이 너무 예뻐 보였다. 그 유명한 노트르담성당은 벽에 걸린 그림 같았다. 성당 바로 옆으로 기다란 연결통로 다리로 지나가며 시내가 한눈에 내려다보였다. 높은 곳에 위치한 요새에서 바라보는 풍경도 장난이 아니다. 뮤셈박물관의 빛이 들어오는 자리에 앉아 지중해를 보며 여유를 부린 그 순간은 다시 경험할 수 없을 것 같다.

다음 날은 스페인에서 두 번째로 큰 도시 바르셀로나로 갔다. 바르셀로나는 항구도시다. 절대 빼먹을 수 없는 최고의 명소 가우디 사그라다 파밀리아성당은 정말 예술 그 자체다. 모자이크 창을 통해 들어오는 빛은 진짜 최고다. 독특한 건축물이 진정 환상적이다. 신비의 세계에 온 듯하다. 360도 그 어느 곳도 놓치고 싶지 않았다. 가우디의 손길이 느껴지는 자연친화적 구엘공원도 내 눈에 고스란히 담아오고 싶었다. 람블라거리를 지나 보께리아 시장으로 향했다. 스페인에서 아주 유명한 농수산물 시장에는 알록달록한 과일이며 신선한 채소들이 가득 채워져 있었고 정말 없는 게 없이 다양했다. 군것질거리가 사방에 있어 이것저것 먹기 바빴다. 카탈루냐 광장까지 걸어가며 사진 찍기에 바빴고 볼거리가 너무 많았기에 다 담기는 무리였다.

　다음 날 아침은 스페인에서 가장 큰 마요르카섬에 위치한 항구도시 팔마 데 마요르카에 도착했다. 거리 곳곳에는 예쁜 곳도 많았고 쇼핑할 공간도 생각보다 많았다. 셀카봉으로 걸어 다니며 사진 찍기에 바빴다. 사진 찍다가 멈추고 또 걷다가 사진 찍기를 반복하며 거리의 아름다운 풍경을 담았다. 말만 되면 이대로 살고 싶다는 생각까지 들었다. 거리가 온통 내 시선을 끌었다. 훌륭한 조경으로 초록 빛깔의 깨끗한 거리에서 차분히 여유를 즐기는 평화로운 팔마 사람들이 너무 멋져 보였다. 팔마에서 제일 잊을 수 없는 팔마대성당이라는 랜드마크는 순수고딕양식으로 지어졌기 때문에 영화에서 볼법한 엄청난 웅장함을 뽐냈다. 유럽 여행은 너무나 볼거리가 많았지만 말로 모든 걸 담기는 역부족이다. 너무 많은 걸 눈에 담아 모두 기억할 수가 없어 아쉽기만 하다.

팔마대성당

포로로마노

이탈리아 시칠리아 섬에 있는 도시 팔레르모 대성당을 감상하고 이탈리아 수도 로마의 콜로세움 앞에서 절대 빠질 수 없는 인증 샷을 찍었다. 콘스탄티누스 개선문을 지나 포로 로마노, 캄피돌리오광장, 베네치아광장, 나보나광장, 판테온, 트레비분수까지 곳곳마다 사진 찍기 바빴다. 사람들이 너무 많아서 순간 미아가 될 뻔했다. 극한투어로 이쯤 되니 체력이 바닥났다. 이럴 때는 소매치기를 주의해야 한다. 길거리 곳곳마다 소매치기들이 있어서 정신을 번쩍 차릴 수밖에 없었다. 무엇으로든 로마의 인상은 너무 강렬할 수밖에 없었다.

너무 예쁘게 잘 가꿔진 라스페치아역에서 기차를 타고 이동했다. 해안 대한항공 광고에도 등장하는 친퀘테레의 마나롤라 뷰는 정말 잊을 수 없었다. 절벽에 알록달록 예쁘게 자리 잡은 집들이 정말 그림 같은 광경이었다. 멋진 바다 뷰를 보며 입이 그냥 벌어졌다. 진정 아름다운 마을로 꼽힐 만하다. 물도 엄청 깨끗하고 파도 소리가 내 속에 어지러움을 가라앉히는 듯 평화로웠다. 그냥 바라보고 있는 자체만으로 힐링이 되었다.

매일 아침 눈 뜨면 새로운 도시가 기다렸던 기항지투어를 마치고 크루즈로 돌아가 또 다른 낭만을 즐겼다. 드레스코드로 댄스파티가 시작되었다. 화려한 파티복을 입고 우아한 디너를 대접받을 때마다 마치 공주가 된 느낌이었다. 그 순간만큼은 귀족이었다. 세계 각국의 사람들이 만나

서로 인사를 하고 소울을 느끼며 신나는 음악과 함께 춤을 추고 친구가 된다. 생생한 그때의 열기는 내가 이 세상에 존재하는 그날까지 마음속에 영원히 남아 있을 것 같다.

※ 서유럽 지도

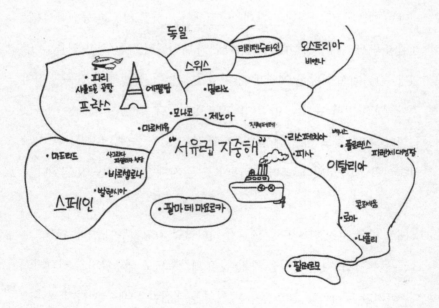

수많은 아름다움을 눈으로 보고

수많은 지혜를 담아서

수많은 아름다움으로 채우세요.

- 나교 -

02

여행은 나를 더 단단하게 만든다

난 모험심이 많은 아이였다. 호기심도 많아 궁금한 것도 많았다. 가보지 않았던 새로운 환경을 많이 접하며 살았다. 사람이든 환경이든 불편하고 낯선 시간을 많이 보냈던 것 같다. 살면서 불편하고 힘든 장면도 종종 연출됐다. 하지만 일부러 더 나를 테스트하고 시험에 들게 했다. 내 자신과의 싸움이었다. 사람들이 가장 힘들어하는 부분이 혼자 있는 시간이 아닐까 싶다. 그 시간을 적응하지 못하는 사람들이 꽤 있을 거라 생각한다. 왜 혼자를 두려워할까? 아마도 외로움이 두려운 것이다.

20대까지만 해도 나 역시 혼자 있는 시간을 너무 싫어했다. 불편한 집이 싫었고 무조건 밖으로 나가야 했다. 어릴 땐 무척이나 산만했고 정신없는 덜렁거리는 성격이었다. 무언가에 걸려 잘 넘어지기도 하고 물건도 잘 잃어버렸다. 무언가에 깜박깜박 잊어버리는 건망증습관이 있었다. 새엄마가 늘 말했다.

"이년이 까마귀 고기를 처먹었나? 넌 왜 그렇게 맨날 까먹어?"

그냥 생각하고 싶지 않았던 것이다. 아무것도 생각하며 살고 싶지 않았다. 그냥 흘러가는 대로의 인생이랄까. 어딘가 한곳에 차분하게 붙어 있지도 못했다. 늘 밤이 되면 몸이 근질근질하다. 무언가 모를 허전함을 달래야 했다. 그래서 어김없이 친구에게 전화를 걸었다.

"뭐 해? 술 한잔 마시자. 짜증 나, 이 집구석. 나 할 이야기 있어."
"또 잠 안 와?"
"응, 밤만 되면 잠이 안 와! 술 한잔 마시고 나이트 갈까?"
"오~ 좋지. 알겠어. 준비하고 너희 집 앞으로 갈게."

이런 것이 일상이었던 시절. 사실 딱히 할 이야기는 없었다. 그냥 집이 답답했고 수다가 떨고 싶었을 뿐이다. 주위에 의리 있는 친구들은 참 많았다. 늘 그런 친구들이 너무 고마웠다. 내가 힘들 때 늘 곁에서 위로해

줬던 친구들, 절대 없어서는 안 될 존재였다. 그렇게 과도하게 음주가무를 즐겼던 시절이 있었다. 늘 친구들과 보내는 시간이 매우 잦았다. 그렇게 뭔가로 허함을 채워야 했다. 마음속에 채워지지 않는 그 공허함을 다른 사람들로 채우려 했던 것 같다.

지금까지 살아오며 나에겐 많은 변화들이 있었다. 이제 친구와의 의미 없는 술 한잔은 절대하지 않는다. 예전엔 누구에게나 똑같은 인사말을 난발했다 "우리 술 한잔 먹자." 그런데 어느 순간부터 정말 내 사람이라 생각하고 내가 좋아하는 친구라고 생각하는 사람들 외에는 다 멀어졌다. 지금은 혼자만의 시간을 즐길 줄 알고 그 시간이 너무 소중하고 값지다는 걸 깨닫게 되었다. 사람은 늘 익숙하고 편안한 환경을 추구한다. 그 속에 행복감을 느낀다.

나 홀로 즐길 수 있는 여유를 느껴보길 바란다. 지금은 혼자가 참 여유롭다. 글 쓰는 동안에도 꾸준히 나 홀로 시간을 보내고 있다. 고독 속에 집중해서 글을 써나가야 한다. 이 순간을 오롯이 즐기고 있다. 공허함도 그냥 즐기기로 했다. 언제부턴가 누군가에게 의존하지 않고 스스로 충만해질 수 있다고 믿기 시작했다. 혼자 있는 시간을 풍요롭게 보낼 자신이 생겼다. 남의 의식하지 않고 내가 해보고 싶은 모든 일을 경험하면서 나를 위해 여행을 떠났다. 내 페이스를 찾기 위해 천천히 가고 있었다.

내적으로 충만해 있으면 남들이 뭐라고 해도 전혀 신경 쓰지 않는다. 내적으로 공허하고 자신감이 결핍되어 있는 사람들은 마음의 여유가 없고 남들에게 보이기 위한 인생을 산다. 그런 부족한 부분을 명품으로 채우려 하는 사람들이 생각보다 많다. 물론 충분히 여유가 있기 때문에 명품을 사서 뽐내는 것은 당연하고 존중한다. 그러나 여유가 없는데도 오로지 명품을 사기 위해 돈을 벌고 돈이 생긴 즉시 명품부터 사는 사람들이 늘고 있는 현실이다. 그 관점이 결코 나쁘다는 것은 아니다. 다름의 문제니까. 물질소유욕이 기본적으로 나쁜 것은 아니다. 나 역시 여자이기에 명품을 사랑한다.

여유가 있으면 명품을 사되 경험도 사기를 바란다는 말을 전하고 싶을 뿐이다. 소유욕보다 경험욕을 키우라는 말이 있다. 성공한 사람들은 어느 정도 이루고 나니 소유의 의미가 점점 없어진다는 느낌이라고 했다. 호화스럽고 멋진 요트와 별장을 하나를 가지는 대신 수많은 경험 속에 삶의 진리와 지혜를 얻을 수 있을 것이다. 사람과의 관계도 포함된다. 내 것이라고 하는 소유권의 개념인데 애인이든 부부든 두 사람 사이에 감정이 상하고 다투게 되는 원인은 바로 소유욕 때문일 것이다. 내 것이라는 인식에 사로잡혀 상대가 내 마음대로 되지 않는 것이 문제가 되고 기분이 상하는 것이 아닐까? 소유욕이 강한 남자들은 보통 집착을 많이 한다. 그렇게 되면 남녀 두 사람과의 관계는 점점 힘들어질 수밖에 없다.

요즘엔 미니멀 라이프의 삶이 갈수록 늘어가는 추세다. 불필요한 물건이나 일 등을 줄이고 일상생활에 꼭 필요한 적은 물건으로 살아가는 단순한 생활방식을 뜻한다. 나 또한 미니멀리스트가 되기 위해 노력하고 있다. 혼자 사는 싱글이다보니 큰 집은 필요 없고 철저한 보안시스템, 취미생활과 건강관리를 할 수 있는 곳에 초점을 맞췄다. 요가와 필라테스를 배울 수 있는 피트니스 센터와 건강을 위한 반신욕과 사우나를 즐기며 조용히 책을 읽고 공부할 수 있는 북 카페 등의 내부시설이 갖춰진 곳이면 충분하다. 집에는 잡다한 것을 사들이지 않고 검소하고 심플하게 사는 것이다.

미니멀리즘은 소유의 욕망으로부터 자유롭게 해준다. 물질이 아닌 다른 것에서 행복을 찾으며 그것들을 통해 삶을 더 즐길 수 있게 된다. 필요하지 않은 것을 쇼핑하는 데 돈과 시간을 멈추게 된다. 그 돈을 나 자신을 위해 발전할 수 있는 여행이나 취미생활에 투자해 진정으로 즐기는 삶을 알게 되었다. 오로지 나를 위한 삶, 내 일, 내 마음에 집중할 수 있게 되었고 모든 걸 다 내려놓고 나다움을 선택했다. 이상적인 자아로 끌어올리는 이는 나 밖에 없다.

'나는 누구일까?' 궁금해지기 시작했다. 여행 이후 가장 크게 변한 점은 '나'라는 존재를 인식하게 되었다는 것이다. 새로운 관점으로 생각해볼 수 있는 여유로움과 나의 감정과 행동에 대한 이해력도 높아졌다. 나를 이해할수록 타인을 이해하는 마음도 커져갔다. 그러자 새엄마에 대한 원망도 수수께끼 풀리듯 조금씩 실마리가 풀리고 있었다. 나의 입장에서만이 아닌 상대의 입장에서의 관점을 풀어보는 연습도 자연스럽게 실천하고 있다. 이유 모를 감정에 그저 휩쓸리지 않았다. 인간관계에서도 친구들이나 지인에게 끌려다니는 게 아니라 나의 생각이 정리가 되어 있기 때문에 꿋꿋이 나답게 살 수 있었다.

우리는 목마름의 병이 있다. 미래에 대한 쓸데없는 걱정과 과거에 대한 후회의 끈을 질끈 잡고 지금 현재를 잃어버린다. 불안한 사람은 없다. 단지 불안을 느끼는 사람만 존재할 뿐이다. 쓸데없는 채널은 즉시 돌려라. 진정한 만족은 결과보다 과정에서 즐거움을 발견하려는 욕망에서 비롯된다. 내가 할 수 있는 일을 하고 여행을 통해 멋진 순간을 경험하고 만끽할 때 내면의 승리자가 되는 것이다.

미하엘 코르트는 말했다.

"행복에 이르는 길은 우리를 얽매는 '채움'이 아니라 우리를 자유롭게 하는 '비움'이다."

확실히 여행은 우리에게 변화의 계기를 주고

내가 작아질 수 있는 소중한 기회를 주는 것 같아요.

초심으로 돌아갈 수 있는 기회,

나를 볼 수 있는 기회,

내가 뒷모습을 볼 수 있는 기회.

- 윤상 -

03

귀하고 거룩한 경험

"너 자신을 먼저 찾은 뒤에 나 자신에 대해 배워라."는 말이 있다. 나 자신을 찾는 일은 매우 중요하다. 나를 찾기 위한 또 다른 여행을 떠났다. 2014년 나에게는 매우 유익했던 의식을 깨우는 신비로운 경험을 했다. '자기계발 프로그램'의 여러 코스 중 '아바타(avatar) 코스'를 처음 접하게 되었다. 본 코스는 이렇게 나뉜다.

1. 아바타 코스
2. 마스터 코스
3. 위저드 코스

처음에는 이해할 수 없는 영역이었기에 이상한 사이비 종교인 줄 알았다. 무식하면 자기가 무식한 것조차도 받아들이지 못한다는데 처음엔 매우 불편했고 거부했다. 모르면 모르는 대로 받아들이고 배우면 되는 것인데 말이다.

미국에서 진행하는 명품 자기계발프로그램 아바타 코스에는 전 세계 많은 사람들이 모인다. 아바타 코스는 1부, 2부, 3부로 되어 있었다. 1부 코스에는 관점을 공유하고 자신의 삶의 청사진을 탐사하는 작업을 한다. 내 속에 무엇이 잘되고 있고, 안되는 부분이 있는지 내가 모르고 있었던 내 속의 무언가를 보여주는 체험이었다. 2부 코스에는 탐사된 영역을 더 확대하고 우리가 원하는 것을 느끼고 정말 원하는 것을 선택하는 힘을 키운다. 3부 코스에는 자신의 의지를 강화하고 인간관계 갈등에서 떨어져 나와 지우기도 하는 고차원적인 방법을 연습하는 법을 배운다.

아바타에서 말하고 싶은 것은 본의 아니게 경험을 강요당하거나 수동적인 삶에서 당당히 벗어나 자신의 의지로 선택해 능동적인 삶을 살아가야 한다는 것, '뜻대로 살기'였다. 내 자신이 가지고 있는 믿음으로 결정하는 경험을 하고 어떤 일에 대한 최종 결과는 무의식 중에 어떤 신념이 작용한다는 것이다. 처음 접하는 나에게는 생소하고도 어려운 영역이었다. 책이나 유튜브를 통해 가끔 접해본 적은 있지만 처음으로 이런 고차원적인 연습을 하니 상당히 벅차고 어려웠다.

아바타 코스를 잘하는 가장 좋은 방법은 단지 '즐기는 것'이라 했다. 나를 억지로 찾아내려 애쓰지도 말고 자연히 알게 내버려두는 것이었다. 내가 만들어놓은 부정적인 틀에서 벗어나는 법을 배우고 싶었다. 그래서 힘들어했다. 나는 누구이고 왜 여기에 있으며 어디로 가고 있는지에 대한 답을 스스로 알아채야 하고 그 답을 찾기 위해 아바타 코스를 찾은 것이었는데, 좀 더 나은 나를 꿈꾸며 계속해서 그 길을 찾고 있지만 쉽지 않았다. 늘 앞을 막는 장애물 때문에 많은 에너지로 허비했고 지쳤다.

나는 살아온 시간만큼 나를 끄집어내는 데 시간이 오래 걸렸다. 누구나 자신을 내보이는 게 힘들다. 숨기고 싶은 본능이 있기 때문이다. 우리는 스스로를 포장한 채 삶을 직면한다. 이 코스를 접하는 내내 펑펑 울었다. 내 안에 무언가 어렵게 꺼내는 작업이 필요했는데 그것들을 꺼내면서 터진 것 같다. 목이 쉬어라 분통을 터트렸다. 어릴 적부터 담아두었던 내 안에 상처들이 올라오며 다시 요동쳤다. 온몸이 부들부들 떨렸다. 트레이너는 내가 울고 싶을 때 까지 계속 울어도 된다고 했다. 가슴속 응어리 털어내는 일이 왜 그리 힘든지 모르겠다. 나는 어릴 적 과거로 돌아가서 있었다. 내 안에 얼어붙은 아이는 학대하는 새엄마를 보며 순간의 내 감정을 잘 표현하지 못했다. 껍데기만 애써 웃으며 억눌러 있던 감정을 어디로 표출해야 하는지조차 몰랐다.

쌓인 앙금이나 응어리가 뼈 속 깊이 박혀버렸다. 아빠 엄마와 나는 진심 어린 대화가 필요했다. 얼어붙은 아이를 포근히 안아주길 바랐다. 그 틀어진 관계의 회복을 위해 그 응어리 들을 풀어내기 위해 난 끊임없이 노력했다. 몇십 년씩 응어리에 찌든 성인이 쉽게 간단히 회복될 수는 없겠지만 나는 이 코스를 받고 한결 가벼워졌다. 내 앞에 새엄마가 있다는 장면을 연출했고 하소연처럼 풀어내기 시작했다. 육체적으로 건강하려면 배설을 잘해야 하듯 정신적 건강을 유지하기 위해선 마음속에 응어리가 생기지 않도록 그때그때 스트레스를 풀어야 하는 게 매우 중요하다.

내게는 강력한 정신적 충격으로 인해 발생하는 정신건강 질환인 트라우마가 뿌리 깊게 박혀 있었다.

부모에게서 버림받았다고 생각한 나는 여전히 난 그들을 용서하지 못한 것이었고 늘 내 상처는 지울 수 없이 '아프다'라는 사실이 온몸에 자리 잡고 있었다. 늘 풀 수 없는 반복의 연속이었다. 미움과 원망의 씨앗에 용서와 사랑의 물을 뿌려가는 작업을 반복했다. 울고 욕하고 소리 지르고 미안해하고 용서하며 사랑으로 마무리한다. 이 작업은 괴로웠다. 깊이 박혀 있는 가시를 겨우 꺼내서 날려버렸다. 쉽지만은 않았다.

결국 무엇이 옳고 틀림이 아닌 어떤 믿음이 이 경험을 끌어들였는지에 대한 숙제였던 것이다. 내가 만들고 싶은 현실을 배출시키는 능력을 개발하는 법을 배울 수 있었고 의도적으로 원하는 현실을 만들어갈 수 있는 기술도 체험할 수 있었다.

내가 지금까지 전혀 경험하지 못한 세계에서 불안과 의심 그리고 걱정을 한꺼번에 날려버리는 공간이었다. 처음 보고 접하는 사람들은 절대 이해할 수 없는 영역이겠지만 그런 의식세계를 알고 살아가는 게 생각보다 꽤 도움이 된다. 자기의 우주를 컨트롤하는 것을 배운다고 생각하면 될 것 같다. 생각보다 심플하다. 이런 영역을 접해보지 않은 친구들은 오히려 나에게 "너 4차원 아니야? 너 왜 그래? 많이 이상해졌어?"라며 걱정되는 눈빛을 쏘기도 한다.

나도 이해할 수 없었던 과거가 있었다. 인생을 더욱 향상시키고 싶었고 좀 더 의도적으로 살아가고 싶은 욕심에 계속해서 환경을 바꾸고 여행을 다니며 끊임없이 자기계발에 힘썼다. 환경을 바꿨더니 새로운 사람들과의 만남이 잦았고 그 만남 속에 또 다른 새로움을 받아들이는 삶이 연속되었다. 정체된 인간관계가 아닌 꾸준한 새로움을 통해 무언가 얻어가고 있었다. 그리고 그 만남 속에서 아바타를 접해 이미 성공적인 인생을 살고 계신 분들이 적지만은 않다는 걸 알게 되었다.

나의 의식은 분명 무언가 이루어보겠다는 강력한 의도를 가지고 있지만 뜻대로 잘 안되니 늘 도중에 포기해버렸다. 어릴 때부터 "너는 똑똑하지 않아, 너는 그럴 자격이 없어, 네 까짓 것이 뭘 한다고."라는 말이 잠재의식에 있었던 것 같다. 어린 시절 나의 주권을 빼앗긴 '잠재의식'의 프로그램을 삭제할 것이다. 주권을 되찾을 것이다. 주권을 되찾아 새로운 것들을 계속해서 시도하며 경험할 것이다.

　　나는 영적훈련에 능통하지 못하다. 영적훈련이 왜 필요한지조차 몰랐었다. 계속해서 수련하고 나를 알아가고 싶다. 지금껏 여행을 통해 다양한 명상과 수련들을 해보았지만 현실에 적용하기 가장 쉬운 접근방법은 아바타로 찾은 것 같다. 정말 다행이다. 내가 모르는 무언가 계속해서 알아가고 배운다는 것은 기적이고 감사하다. 우리의 경험은 3차원 공간에 갇혀 있기 때문에 4차원의 세계는 어떤 공간일지 알고 싶은 욕구가 생겼다.

　　내 안에 깊이 박혀 있던 트라우마는 기억 속에만 존재할 뿐이다. 나는 그때의 나보다 성장했고 이제는 그것의 영향을 받을 수 없다. 나는 과거와는 상관없이 무엇이든 할 수 있고 자신감 넘치는 나로 살아간다. 계속해서 나는 자유로워지고 있다. 끊임없이 배우고 또 경험할 것이다.

찾아가되 따라가지는 마.

도착지는 같아도 여정은 달라지니까.

자기만의 방식대로 자기만의 길을 가야

그 길에서 만나는 기쁨과 감동을 고스란히 즐길 수 있는 것.

그것이야말로 여행과 인생의 공통점이다.

- 데니스 홍 -

04

다름을 인정하기

　우리는 살다 보면 많은 인연들과 만남을 갖고 이별을 한다. 만남과 이별의 반복 속에는 서로 다름을 인정하지 못했다. 타인의 감정은 아랑곳하지 않고 자기의 생각이 무조건 옳다 주장한다. 자신의 생각만이 진리인 것처럼 말이다. 이 세상 사람들은 서로 각기 다른 환경에서 성장해왔기 때문에 생각과 가치관이 다를 수밖에 없다.

　인연들은 죽도록 사랑해서 결혼한다. 이 사람 아니면 절대 안 될 것 같고 평생을 사랑할 것 같았지만 많은 사람들이 이혼이라는 결심을 한다. 최근 이혼율은 적지 않다. 매년 약 11만 건의 이혼신청이 접수된다고 한다. 이혼의 이유는 대개 '성격 차이', '가치관 차이'가 가장 많았다. 우리 아빠 엄마도 그런 이유로 이혼을 했을까? 이런 부모님을 보며 살았기 때문에 나는 결혼이라는 시작이 쉽지 않을 듯 싶다. 나도 엄마처럼 결혼 생활의 실패를 닮아갈까 두려웠다. 두 사람의 불장난으로 자식들은 피눈물 나는 경험을 했으니 내 자식만큼은 그런 것을 대물려 주고 싶지 않은 것이 사실 큰 이유다.

결혼은 너무 하고 싶지만 책임감 없는 결혼은 절대 하지 않기로 나 홀로 선포했다. 그런 이유로 결혼할 기회를 만들지 못했는데, 결혼을 안 한 것을 문제시하는 관점이 보편적이었다. 정말 서로가 잘 맞고 나라는 여자를 진심으로 아끼고 사랑해줄, 인생을 함께하고 싶은 사람을 만난다면 하루빨리 평생을 함께 살아가고픈 욕심이 있다. 인생을 살면서 경험할 수 있는 가장 농도 깊은 감정들로 이루어진, 꼭 한 번 체험해볼 만한 가치가 있는 것 같다. 내가 존경할 수 있고 좋아하면서도 배울 점이 많은 짝을 만난다는 건 정말 큰 행운이다. 좋은 가정을 꾸리는 것은 세상 그 어떤 일보다 가치 있는 일인 것 같다.

왜 나의 아빠 엄마는 함께할 수 없었고 우리는 왜 새엄마와 함께 살면서 고통스러워해야 했는지, 우리를 그토록 힘들게 한 이유가 무엇인지 해석해보고 싶었다.

아빠와 친엄마가 함께했던 마지막은 칼을 휘두르고 있는 장면이었다. 아직도 생생하다. 아마 4살쯤이었던 것 같다. 칼과 피가 보였고 나는 엄마 아빠를 보며 펑펑 울고 있었다. 오빠는 옆에서 우는 나를 달래고 있었던 것이 어렴풋이 떠오른다. 그 후 바로 부모님은 이혼을 했고 난 몇 년간 할머니 손에서 자랐다. 8살 되던 해 새엄마와 새로운 집에서의 생활을 시작했고, 그 집에서 아빠는 새엄마를 엄마라고 부르라 했다.

그때부터 지옥 같은 학대가 시작되었다. 오빠와 나는 지울 수 없는 인격적 학대를 받았다. 우리는 어쩔 수 없이 미운 아이들이었다. 새엄마는 아빠를 너무 사랑했지만 자신에게 상처를 준 아빠가 밉기도 했던 것이다. 결혼은 할 수 없었고 둘 사이에서 나온 딸이 있었는데 아빠는 그 가정을 지키지 못하고 우리 엄마를 선택해 결혼했다. 그 사이에서 오빠와 내가 생겼지만, 둘은 서로의 가치관이 맞지 않아 이별을 선택한 것이다.

나는 30대가 되어서야 새엄마의 관점에서 생각해볼 수 있었다. 서로가 달랐다. 새엄마는 자기의 관점에서 우리를 미워할 수밖에 없었다. 같은 여자 입장에서 충분히 그 심정을 이해해보고 싶었다. 나도 사랑을 해봤다. 나라도 죽을 만큼 사랑하는 남자가 나만 바라보길 원하고, 영원히 함께하길 바란다. 너무 사랑한 나머지 원망과 미움이 더해져 다른 여자 품에 나온 자식들이 미울 뿐이다. 그냥 이유 없이 미운 것이다. 꼴이 보기 싫어서 때려버리고 싶은 거였다.

이 자식들을 보고 있으면 나를 버리고 다른 여자를 선택한 그 여자가
떠오른다. 밟아버리고 싶은 것이다. 내 남자를 빼앗았던 그 여자가 죽도
록 싫고 원망스럽다. 아직 그 누가 잘못 된 건지 알 수 없다. 새엄마가 아
빠를 버린 건지, 아빠가 새엄마를 버린 건지는 모르겠다. 둘만의 사연은
알고 싶진 않지만 어쨌든 둘은 사랑해서 다시 만났다. 아빠도 그 둘 여자
사이에서 얼마나 가슴이 아팠을까. 그렇게 선택할 수밖에 없었던 그 어
떤 이유가 분명 있었을 거라 생각한다. 늘 죄책감에 짓눌리며 살고 있는
아빠를 보면 너무 딱하고 가엾다. 아빠는 늘 말했다.

"순간의 잘못된 선택이 평생을 좌우한다."
"아빠는 잘못 선택했고 이번 생은 실패한 인생이다."
"너는 평생 함께할 사람은 꼭 신중히 잘 만나길 바란다."
"다 아빠 잘못이다. 미안하다 딸아."

그동안의 설움이 눈까지 올라와 부르르 떨리며 닭똥 같은 눈물이 뚝뚝
떨어졌다.

난 속으로 말했다.

"아니에요, 아빠. 난 충분히 아빠 이해하고 사랑해요."

"절대 자책하지마세요 난 늘 아빠 편이에요."

"늘 오래오래 곁에 있기만 해주세요."

난 아버지를 사랑한다. 순간의 잘못된 선택으로 자식에게 이유 모를 아픔을 안겨줬지만 성인이 되고 다 크고 보니 이제야 알겠다. 사람은 절대 완벽할 수 없는 존재이다. 이 세상에 실수하지 않고 살 수 있는 사람은 없다. 수많은 실패와 잘못된 선택으로 살아간다. 그 속에 누구나 아픔과 시련이 함께 동반된다. 그게 인생이다. 나의 친엄마는 어딘가에서 자식을 버렸다는 생각에 찢어지는 마음으로 살아갈 것이다. 나의 친엄마도 참 가엾고 안타까운 사람이다. 사랑해서 결혼했더니 그 남자에게는 옛 여자가 있고 딸이 있었으니 황당할 수밖에 없었을 것이다. 이해했다. 충분히 친엄마의 입장도 이해할 수 있었다.

서로 각자 '내가 옳다', '네가 틀리다'로 판단을 해서는 안 된다. 사람마다 타고난 인성과 기질, 살아온 환경이 있고 경험이나 처한 입장을 고려했을 때 사건이나 상황을 인지하는 각도가 모두 다를 수밖에 없다는 것을 깨달았다. 새엄마가 우리의 관점으로 한 번쯤 바라봐주었다면 딱하고 불쌍한 우리를 위해 더 사랑을 주었을 텐데 말이다. 서로 다른 관점을 겸손하게 존중하고 다름을 이해하고 인정할 때 진정성 있는 관계가 성립이 되는 것이다.

　이제 나의 3명의 부모를 인정하려한다. 각자의 세계에서 서로 이해할
수 없었던 과거, 그 과거 속에 모두 상처가 남았지만 앞으로 남은 인생은
더 이상 부정하며 살고 싶지 않다. 부정하고 원망하고 살기엔 아직 이 세
상은 아름답다. 세상이 이렇게 연동되는 과정은 매우 흥미롭고 삶과 세
상을 이해하고 싶은 무언가 계속해서 생겨난다. 뿌연 안개가 가득한 어
둠 속에서 나는 서서히 시야를 넓혀가며 각각의 관점을 파악해가고 있
다. 그들의 관점에서 바라보는 시각으로 넓혀가며 다름과 인정, 존중이
서로 아우르며 함께할 수 있기를 바란다.

여행은 마음을 열고

다름을 인정하는

사람이 되는 일이다.

- 데니스 홍 -

05

낯선 땅에서 무작정 살아보기

최근 단순 여행을 넘어 현지인처럼 '해외에서 한 달 살기'가 뜨고 있다. 어느 기사에서 일본과 홍콩으로 여행가는 사람들이 대폭 줄어들면서 대만, 발리, 스위스 등 온천, 스파, 요가를 즐기러 떠나는 웰니스 여행이 더욱 인기를 끌 전망이라고 한다. 웰니스란, 웰빙(well-being)과 행복(happiness), 건강(fitness)의 합성어로 신체와 정신은 물론 사회적으로 건강한 상태를 의미한다. 이런 재충전을 위한 여행이 필요하긴 했다. 52시간제가 확대되면서 장기연차를 내고 재충전을 위해 휴가를 떠나는 직장인들이 증가하고 있다. 많은 사람들이 버킷리스트로 꼽고 있는 해외 한 달 살기! 나의 버킷리스트에도 생생히 살아있던 목록 중 하나였다. 얼른 그 꿈을 완성시키고 싶었다. 해외에서 휴식과 재충전 그리고 새로운 경험을 하는 것은 모두가 꿈꾸는 버킷리스트다.

나는 물가가 저렴한 동남아시아에서 살아보기로 했다. 그곳을 선택한 이유는 지인분이 계셨기 때문이었다. 그곳에 살고 계시는 한국 부부인 지인분이 추천해주셨다. 말레이시아의 국제도시 쿠알라룸푸르에서 3달 동안 생활하기로 결정했다. 물론 나 혼자였다면 너무 심심하고 외로워서 3달 동안이나 사는 것은 생각하지도 못했을 것이다. 종종 여행을 함께 했던 여행모임 멤버들과 3달 동안 함께 지낼 숙소를 잡고 계획해갔다.

당시 2014년, 지은 지 얼마 안 된 깨끗한 신축 건물이었던 걸로 기억한다. 우리가 지냈던 숙소는 '몽키아라'라는 곳이다. 그곳은 국제 신도시 느낌의 아파트 단지의 느낌도 나고 서울의 대치동 같은 느낌이랄까. 내부에는 24시간 편의점, 피트니스센터, 수영장, 헬스장, 프라이빗영화감상실, 독서실, 세미나실 등 편의시설이 잘 되어 있는 친환경 아파트 단지였다. 33층 스카이비치는 싱가포르 마리나베이샌즈를 떠오르는 인피니티 풀이었고 여유롭게 쉴 수 있는 그물침대 '해먹'이 걸린 야자수와 모래사장이 있어 실제 해변 같았다. 진정 감동적인 뷰였다. 전반적으로 이곳은 5성급 호텔 같은 고급 아파트먼트였다. 최상층엔 펜트하우스가 있고 언제든지 가족들과 함께 바비큐 파티를 즐길 수 있는 파티 룸과 와인 바도 함께 준비되어 있는 판타스틱한 곳이었다.

지금은 그곳에 한국 사람들이 '한 달 살기'를 하러 많이 온다는 소문을 들었다. 우리가 살았던 당시엔 한국 사람들이 그다지 많지 않았던 걸로 기억한다. 말레이시아는 오랫동안 영국의 지배를 받았기 때문에 영어가 공용어이기도 하다. 간단한 영어만 할 줄 알면 생활하는 데는 문제없었다. 보안카드가 없으면 출입할 수 없는 24시간 보안서비스와 함께 친절한 경비원이 있었고 잘 관리된 꽃과 조경들이 너무 예뻤다. 공기 좋은 동화 속 숲길을 걷는 듯했다. 5층에는 자쿠지와 지상 인피니티풀이 있었고 워터슬라이드가 있는 어린이 야외풀장도 마련되어 있었다.

나는 어릴 적부터 물이 무서워서 수영을 못했다. 살면서 단 한 번도 수영장에서 수영해본 적이 없었다. '3개월 동안 이 멋진 곳에서 생활하는데 수영장을 제대로 이용해 봐야지.'란 생각을 했다. 수영 개인레슨을 받기로 했다. 매일 하루에 한 시간씩 꾸준히 수영을 배웠다. 처음에는 물이 너무 무서웠는데 점점 극복하고 친근해졌다. 늘 물 공포증을 극복하겠다는 마음을 품고 있었는데 역시 무엇이든 반복 연습이라 했다. 앞으로 나아가는 법, 물속에서 힘 빼는 연습, 수영하면서 발차기, 숨 쉬는 법 등의 과제들을 신기하고 재미있게 이어갔다.

다음 도전은 배드민턴이다. 말레이시아에서 왕년에 배드민턴으로 날리신 분이라며 현지인 선생님을 소개를 받았다. 왕년에 날리셨는지 나는 사실 모르겠다. 나는 배드민턴의 '배'자도 모르니. 어쨌든 그분께 개인레슨을 받기로 했다. 처음에 배드민턴 라켓 잡는 법부터 친절히 알려주셨다. '웨스턴 그립법'인지 뭔지 잘 기억안나지만 초보도 공을 잘 칠 수 있는 그립법이라 했다. 매일 반복연습을 했고 서서히 팔 전체를 사용하는 강력한 스매싱까지 가능해졌다. 여행 친구들과 팀도 나눠서 밥을 사는 내기도 했다. 승부욕이 생겼다. 사실 운동에는 전혀 흥미가 없었는데 막상 시작하고 보니 할만 했다. 뭐든 시작이 반이라고 그냥 묵묵히 했는데 반 이상은 간 것 같다. 내가 대견스럽기도 했다.

페트로나스 트윈타워 (쌍둥이빌딩)

고층에서 멋진 뷰와 함께 독서시간도 즐겼다. 책을 읽다가 졸리면 바로 옆에 있는 영화감상실 의자에 누워 낮잠도 즐겼다. 가끔은 꽃들 사이사이에 배치된 벤치에 앉아 자연 감상도 만끽했다. 지내는 동안 우리는 다함께 쇼핑, 관광, 먹방 투어도 하며 소소한 현지인 체험을 했다. 여행은 새로운 문화로 신선한 충격을 주기도 하고 놀랍고 감탄하며 새로운 나를 만나기도 한다. 또 다른 세상에서 또 다른 새로운 꿈을 꾸고 성장하고 배워나간다.

우리는 매일 기쁘고 즐겁게 살아야 하는 삶의 숙제를 해나간다. 늘 똑같은 곳에서 일상의 반복된 습관을 가지며 살아가는 우리들에게 가끔은 새로운 일탈이 필요하다. 내가 가진 생각이 호기심이 되고 그 호기심이 꿈이 되어갈 때 그 꿈은 내 인생이 된다. 새로운 환경에서 온전히 '나'를 알아가는 시간을 가져본다면 지금까지의 내 모습이 전부가 아니라는 것을 깨닫게 될 것이다.

나는 여행을 통해 왜 시야가 넓어진다고 하는지, 왜 여행을 경험이라고 하는지 잘 몰랐다. 여행은 단순히 새로운 문화를 접하는 체험이 전부가 아닌, 나에 대한 성찰을 주는 배움의 덩어리 그 이상이었다. 순간순간의 불완전한 나를 바라보며 하나하나 끈으로 연결할 수 있었다. 나는 스스로 무엇이 부족하고 무엇을 좋아하는지부터 알아갈 수 있었다.

나무를 심는 일은 쉽지 않다. 우선 어떤 나무를 심을지 목적과 방향이 명확해야 한다. 그 나무로 더 멋지게 보이고 싶고 가치를 높이고 싶은 건지 순수한 즐거움의 목적인지부터 생각해야 한다. 어떤 종류의 나무가 가장 좋을 것인지, 어디에 심을지, 나무를 심기 전 토지, 기후, 심는 시기도 중요하다. 묘목 크기에 맞춰 구덩이를 파고 겉흙과 속흙을 구분한다. 튼튼한 뿌리와 잎이 녹색을 띠는 묘목 선택이 중요하며 줄기와 뿌리를 잘 다듬어 묘목을 곧게 세워 흙을 덮은 후 물을 듬뿍 주고 나무를 들썩거린다. 흙을 평평히 하고 심어진 부분은 주변보다 높게 한다. 나무를 심는 간단한 이론이라 말할 수 있다.

나무를 심었으면 물을 주고 주기적으로 계속 물을 준다. 자라난 가지 중에 병든 가지가 있다면 가지를 쳐서 잘라내야 한다. 세월에 걸쳐 잘 자라기 위해 물을 주고 나무에 애정을 주는 과정에 걸쳐 훗날 단단하고 멋진 나무 한 그루가 완성된다. 인생은 나무 한 그루를 심는 것과 같은 것 같다. 나무뿌리에 영혼을 주고 거름을 주고 밝은 햇빛과 내리는 비를 맞으며 나무는 계속해서 성장한다. 햇빛을 받고 가끔씩 찾아오는 비바람을 맞는다. 불필요한 부분은 가지치기로 잘라내며 반복하는 과정이 필요하다. 그래야 예쁘고 건강하고 곧게 성장할 수 있다.

나는 또 다른 낯선 땅에서 나무를 심었다. 그 순간을 현명하고 지혜롭게 살아가는 나무가 되어 단단하게 이 세상을 살아가는 법을 배워갔다. 뿌리에 온 힘을 쏟을 수 있도록 어떤 고난이 닥쳐도 살아남을 수 있는 힘든 시기와 어린 시절이 필요했다.

나무는 맑은 공기를 준다. 나무 스스로 산소를 만들어내는 힘이 있다. 많은 생명체가 살아 숨 쉴 수 있는 공기를 만들어 내는 나무처럼 나도 이 세상에 이로움을 주는 존재가 되고 싶어졌다.

낯선 땅에서 나는 한 구덩이 흙을 파고 낯선 외로움과 불편함을 넣고 모험과 새로운 도전이라는 물을 부었더니 꿈이라는 잎이 새록새록 피어났다.

호기심의 안테나를 높이 세우셨으면 좋겠어요.

모든 것을 호기심과 연결시키면

그것이 꿈이 되기도 하고 내 영역도 넓어지지요.

- 이강원 -

06

영어 울렁증도 여유롭게 여행한다

　나는 학창시절 심각하게 공부 안 하는 아이였다. 책 속에 한 글자만 봐도 현기증이 났고 반에서 거의 뒷자리를 달릴 만큼 공부에는 전혀 소질이 없었다. 그래도 그런 내 자신이 절대 부끄럽지 않았다. '뭐 못할 수도 있지!' 쿨하게 받아들였다. 공부하고 싶은 생각은 정말 1도 없었다. 그냥 생각 없이 멍하니 눈 뜨고 살아 있는 것에 그냥 만족하며 살았다. 학교는 잠자러 가는 곳이었고 내 머리는 늘 책상 바닥에 붙어 있었다. 집에서도 그냥 나라는 아이를 포기했다. 제발 인성만이라도 바르게 자라길 바라는 마음이었던건지 공부하라는 말은 다행히 하지 않으셨다.

"달고 있는 머리통은 폼으로 들고 다니냐? 무식한 년!"

이 말은 뼈에 박히도록 들었던 말이다.

늘 텅텅 빈 가방을 들고 다녔다. 학교 수업 중에는 선생님이 떠들든 말든 그냥 책상에 당당히 엎드려 잠자기 일쑤였고 시험기간에 공부해서 시험을 본 적이 단 한 번도 없었다. 내가 좋아하는 번호를 아무거나 찍어서 시험을 제일 빨리 끝냈다. 1분 이내에 시험지 마킹은 단숨에 끝이 났다. 그런 시험 기간은 꿀 같은 나날이다. 전반적으로 모든 공부에 흥미가 없었지만 그중에서도 거의 귀를 닫고 지냈던 영어 수업은 선생님 숨소리만 들어도 고통스러웠다. 알파벳 소리만 들어도 울렁거렸고 배 멀미보다 더 심각한 영어울렁증을 앓았다. 나의 영어사춘기는 그렇게 영원한 적으로 남았다.

그렇게 성인이 되고 그토록 싫어했던 영어공부에 미련이 남았다. '진작에 영어공부 좀 할걸.' 땅을 치고 후회했다. 그때는 영어공부를 굳이 하지 않아도 불편함이 없을 거라 생각했다. 영어의 필요성을 전혀 느끼지 못했는데 살다 보니 너무 갑갑하다. 상당히 불편하다. 여행을 다니면서 느꼈지만 난 말 못하는 벙어리일 뿐이었다.

용기를 내어 시도해보았다. 영어를 배우기 위해 처음 화상영어를 시작했다. 필리핀 현지에 사는 원어민 여자분이 매일 실시간으로 화상수업을 지도해주셨다. 당시 3개월에 99만 원, 내 피 같은 돈을 투자하기로 했다. 화상영어가 활성화 되지 않았던 당시 내가 배우는 과외비는 꽤나 비싸게 느껴졌다. 하지만 자기계발 투자에는 아끼지 않는 편이다. 빚을 내더라도 무언가 배우려는 의지는 매우 강했다. 어릴 적 못다 한 공부의 미련이랄까. 아쉬운 점은 끝까지 끈기 있게 마무리 짓지 못했다는 점이다. 영어는 지속적인 피드백과 개인 실력맞춤 수업이 필요한데 1대1 수업이었기 때문에 빠르고 정확하게 배울 수 있다는 장점이 있었다. 처음에는 기필코 배워야겠다는 의지는 강했지만 의미를 갖지 못해 흥미가 떨어져 도중 포기해버렸다.

이후 친구들과 여행갈 기회가 생겼다. 내 버킷리스트의 목록. 유흥과 도박의 도시이자 뉴욕에 뒤지지 않는 화려함의 대가 라스베이거스로 여행을 떠났다. 영어권 국가는 정말 오랜만이었다. 나는 한동안 일본 여행만 다니며 일본어만 사용했던 터라 습관처럼 일본어가 입에 배어버린 것 같다. 외국인이 지나가다가 부딪혔는데 자동으로 '스미마셍 고멘나사이.'가 나왔다. 나도 참 어이없고 황당해서 웃기만 했다. 입국할 때부터 영어 울렁증의 고통이었다. 오래전부터 느낀 거지만 영어권 국가 중에 미국 입국 심사가 제일 까다로운 곳 같았다. 엄청 까다롭다는 미국 입국 심사

인터뷰는 정말 생각보다 오래 걸렸고 입국심사만 대략 1시간 반은 소요되었던 것 같다.

이스타비자 심사확인증을 발급받고 간단한 영어 질문하는 것조차도 긴장했다. 라스베이거스에 간다는 부푼 기대감에 마냥 설레기만 했던 우리는 갑자기 불안감에 앞서 서서히 입을 다물고 침묵을 지켰다. 미국이 까다롭긴 하지만 복불복이다. 몇몇 사람은 간단하게 인터뷰를 끝내고 무사히 들어가는 경우도 많아서 크게 문제없을 거라 생각하기로 했다. 긴장을 풀고 심플하게 대답하기로 마음먹고 당당한 척 들어갔다.

"방문 목적은? 왜 왔니?"
"어디로 여행 가니?"
"체류 기간은?"
"현재 돈은 얼마를 들고 왔니?"
"방문 장소는?"
"당신 직업은?"
"어디에 살고 있니?"

엄청 빠른 미국 발음, 난 진짜 못 알아듣겠다. 안 그래도 영어 울렁증 있어서 듣는 내내 너무 힘들었는데 말이 빠르기까지 했다. 듣고 싶지 않았다. 긴장한 나머지 눈만 깜박깜박 뜨고 입은 닫았다. 출입국직원과 어디론가 유유히 사라졌던 분들과 똑같이, 나도 비밀의 방으로 갔다.

'내가 뭐 늘 이렇지, 뭐.'

나는 출입국 직원에게 아주 잘 선별되는 여행객 중의 한 명이다. 그곳에는 나의 친구 2명도 대기를 타며 앉아 있었다. 우린 서로 눈을 마주치며 기다렸다는 듯이 웃음이 빵 터졌다. 뒤에 기다리는 사람이 없고 차분한 사무실 공간이다 보니 그곳에서는 잘 마무리하고 무사히 나왔다. 우리 셋은 소소한 추억거리가 하나 더 생겼다는 즐거움에 한동안 웃음이 끊이질 않았다.

그 이후 영어권 국가 여행을 가게 되면 좀 더 적극적으로 표현할 수 있게 되었다. 늘 입만 다물고 있을 문제는 아니었다. 계속 실수하고 뱉었다. 어차피 그들은 내가 외국인인 줄 안다. 영어를 모르는 건 당연하다. 말이 안 통하면 보디랭귀지라도 하면 어떻게든 이해한다. 꼭 완벽하게 해야 한다는 관념을 버릴 때 완성된다. 틀려도 괜찮으니 마구 뱉어보아라. 어려운 말들은 구글 어플 번역기를 이용하고 말하거나 어플에 있는 글을 상대에게 그냥 보여주면 간단하다. 그러다 반복해서 듣고 말하니 몰랐던 단어들이 머릿속에 조금씩 박히고 간단한 말들은 입에서 술술 나오더니 자신감이 생겼다.

　여행을 통해 영어를 못하는 사람도 동기부여와 에너지를 얻을 수 있다는 것, 몇 개의 단어만으로 이 세계 모든 사람과 소통이 가능하다는 것을 깨달았다. 영어를 좀 더 할 수 있으면 지금보다 더 몇 배의 큰 기쁨을 느낄 수 있을 거라는 생각에 영어 공부에 욕심을 갖는 계기가 되었다. 모르던 단어를 알게 되고, 알았던 단어는 더 강력하게 기억에 남아 더 자유롭게 사용할 수 있게 되었던 절호의 찬스였던 것 같다.

　사실 간단한 소통 방법은 그렇게 어렵지 않았다. 우선 아이 콘택트를 하면서 긴장을 푸는 것부터 시작한다. 우리는 초등학교 때부터 대학교까지 영어 교육을 받으며 살아왔다. 묵혀 있던 영어를 기억하게 해준 도구가 바로 여행이었다. 필요한 상황에서 익숙해지면 순식간에 적응되는 놀라운 힘이 있었다. 여행을 떠나보면 알게 되는 것들이 있다.

　'내가 생각보다 영어를 아주 못하는 게 아니었구나. 내가 생각보다 체력이 약하진 않구나. 내가 머리가 많이 나쁘진 않구나.'

　이렇게 나를 발견하고 희망을 가질 수 있었다.

참 신기한 것 같다. 영어 울렁증인 나도 용기 있게 극복할 수 있는 기회가 되었고 그토록 영어의 필요성을 느끼지 못하고 멀리하던 내가 영어와 가까워질 수 있었다. 세계 곳곳에서 만나는 사람들은 언어는 다르지만 모두 간단한 언어를 통해 서로 교감을 이루는 똑같은 사람들이었다. 세계와 만나 '몇 마디'로 운명처럼 친구가 된 그들, 이런 멋진 친구들과 태어난 곳, 언어는 다르지만 언제 어디서든 어울릴 수 있는 세계인이 되었다는 것은 기적이고 행복이다. 여행은 새로운 문화로 충격을 받기도 하지만 새로운 자기 모습을 만나기도 한다. 그리고 꿈을 꾸게 만든다.

여행은 새로운 문화로 충격을 받게 하기도 하고,

새로운 자기 모습을 만나게 하기도 하고

또 꿈을 꾸게 만드는 것 같아요.

- 김영철 -

07

진취적인 여자로 살기

내 대부분의 여행은 즉흥적으로 떠난 것이었다. 그냥 훌쩍 떠나는 즉흥여행의 경험이 있는 여행족들이 많이 있을 것이다. 미리 몇 달 전부터 무언가 계획해서 제대로 된 여행을 즐기는 경우도 좋겠지만 바쁜 일상에서 여행을 준비하는 과정에 피로감을 느끼는 사람들이 생각보다 많다. 나 또한 그런 과정은 생략하고 싶은 사람 중에 한 사람이다. 일단 여행을 결심하면 즉시 항공편 호텔 등을 바로 예약, 구매를 하고 절대 오래 고민하지 않는 것이 특징이다.

정말 간편한 여행을 선호했다. 동행이 필요 없는 나 홀로 여행도 즐겼고 준비를 간소화하는, 여행준비에 대한 피로감이 덜한 여행을 원했다. 꼼꼼한 사전준비보다는 여행 그 자체의 경험에 큰 가치를 두기 때문에 무조건 떠나기에 초점을 두었다. 기대가 적을수록 만족감이 커지는 법이니까. 어디든 단순하고 심플하게 움직이는 여행이 많았던 것 같다.

나는 어린 시절 내내 새엄마의 눈칫밥을 먹으며 살았다. "병신 같은 년! 아무것도 못하는 주제에!" 줄곧 부정적인 언어들을 남발하는 새엄마에게 상처받기 일쑤였다. 그 삶은 너무 답답하고 희망이 없고 어두웠다. 새장 안에 가두어진 작은 새는 하루빨리 좁은 공간에서 빠져나와 넓은 하늘을 날아다니고 싶다. 난 그토록 자유를 원했다. 진정 자유롭게 살고 싶었다.

'내가 정말 할 수 있는 게 없을까? 내가 그렇게 구제불능인가? 딱히 내세울 것 없는 학력과 부족한 스펙이지만 내가 그렇게 형편없는 인간인가?'

세상에 나와 닥치는 대로 원하는 것들 시도해보기 시작했다. 온갖 제약을 박차고 일어나 보다 나은 미래를 위해 향해 가고 싶었다. 내가 조금이라도 흥미를 갖게 되면 즉시 시도하고 시작하고 도전하고 싶었다. 바로바로 행동하고 막힘없이 도전하는 사람을 넘어 느리더라도 멈추지 않는 사람이고 싶었다. 스스로 늘 새로운 걸 좋아했고 나름 항상 긍정적이고 순수한 영혼을 가진 아이라 믿어왔다. 언제나 활동적이고 늘 무언가 갈구하며 끊임없이 움직였다.

끊임없는 도전 뒤엔 실패도 많았다. 건방진 자신감과 즉흥적인 판단으로 시작한 작은 쇼핑몰 사업도 실패할 거라고는 생각조차 안했다. 정해지면 시작하기 바빴고 그러다가 가끔은 바보처럼 허무하게 끝이 났다. 고민만 줄곧 한다고 좋을 건 없지만 너무 쉽게 선택해서 저지른 일은 그만큼 리스크가 있었다. 개념을 찾으며 도전해야 할 필요성도 느꼈다. 진취적으로 살다보니 이것저것 닥치는 대로 흥미를 가졌다. 그 외 해외직구, 보험업, 부동산업, 헤어, 두피관리, 피부미용, 웨딩, 화장품, 여행사업관련, CS강사, 병원실장 코디네이터 등 무슨 일이든 일단 시작해보고 나와 적성에 맞는지는 일을 해보며 판단했다.

처음엔 내 보험을 들기 위해 공부를 하다가 보험업에 조금씩 흥미를 가지게 되었다. 내 보험을 넣으며 돈도 벌 수 있을 거라는 단순한 생각으로 시작하게 되었다. 피나는 노력과 적극적인 영업이 동반될 때 '억대 연봉'이라는 야망을 꿈꾸는 게 가능한 분야다. 그러나 보험의 특성은 대부분의 상담이 거절로부터 시작된다는 것이다. 기업체를 대상으로 개척활동을 많이 해야 하며 다양하고도 많은 사람들과의 만남 속에 그 거절을 즐기는 작업이 필요했다. 나 자신을 거절하는 게 아니라 변화를 거절하는 거라고 생각했다.

부동산업도 사실 아무것도 모르고 막연히 시작했다. 단순히 부동산토지에 대해 공부해보고 싶은 욕심이 있었고 언젠가 부동산임대업과 토지 경매를 공부해보고 싶다는 꿈이 있었다. 토지투자와 부동산 컨설팅 전문가, 부동산 컨설턴트가 되고 싶었다. 전문가 과정을 듣기 전 실전에서 미리 필요한 소스를 일하며 먼저 알 수 있을 거라는 기대감에 무작정 뛰어들었던 것이다.

고도의 경험과 지식이 필요한 곳이라 접근이 조심스러웠지만 매일 아파트, 주택가, 대학교, 병원 주변을 돌며 내가 준비한 자료를 소개했고 고객 확보를 위한 정보 입수를 게을리 하지 않았다. 아웃바운드와 TM을 하거나 밖에서 발로 뛰면서 홍보를 하여 고객을 찾아 컨설팅 진행을 시도했고 이후에는 꾸준한 고객관리를 통해 공부를 열심히 했다. 계약도 가능할 것 같다는 마음에 섣불리 시작했지만 생각보다 많은 노하우가 필요한 곳이었다.

진취적인 습관으로 다양한 경험과 값진 스토리를 담을 수 있는 멋진 보물 보따리를 갖게 되어 매우 기쁘다. 힘들었지만 매 순간을 즐기며 일했고 절대 부정적인 생각은 하지 않으려 노력했다. 주위의 환경이나 사람들의 시선 따위는 볼 필요가 없었고 실패를 절대 두려워하지 않았다. 그 수많은 실패 속에 나는 지혜를 얻었고 그때도 책을 놓지 않았다. 언젠가 버킷리스트이자 나의 꿈이었던 작가가 되기 위한 거름이라 생각하며 꾸준히 경험했고 희망을 저버리지 않았다.

계속해서 내가 잘할 수 있는 일이 무엇인지 찾았다. 내가 잘할 수 있을 것만 같았던 일들이 몇몇 실패로 돌아왔을 때 깔끔하게 단념할 수 있어서 다행이라 생각했다. 만약 시도해보지 않았다면 언젠가 시도조차 하지 못했던 미련만 남아 아쉬움이 컸을 것이다. 나는 무엇보다 건강한 신체를 가꾸어가야 한다고 생각한다. 운동을 하면 많은 장점이 있지만 그중에서도 가장 큰 장점은 활성 산소로 스트레스가 감소하면서 긍정적인 사고를 갖게 되는 것이라고 할 수 있다. 말로만 하지 말고 현실을 깨달을 수 있게 직접 몸으로 부딪쳐보는 습관을 매우 필요하다.

나의 연애관도 밀접한 관련이 있다. 내가 호감이 가는 사람에게는 솔직히 좋아한다고 적극적으로 표현하는 것이 중요하다고 생각한다. 좋아하는 상대에게는 스킨십도 가능하며 전반적으로 표현력은 풍부한 편이다. 보편적으로 연애를 할 때 서로의 감정에 솔직하지 못하고 밀당을 하며 살짝 무심한 듯 차가움을 표현할 때가 있다. 그러다가 흐지부지 연락이 서서히 줄어들고 연락이 완전히 종결되는 경우도 종종 있다.

적당히 서로가 어느 정도 감정을 정확히 표현하는 게 좋을 것 같다. 내 쪽으로 끌어오고 싶다면 연애에서 가끔은 대담하고 아주 적극적인 자세가 필요하다고 생각한다. 나는 솔직히 상대에게 리드당하는 걸 좋아하는 편이지만 때로는 상대를 당황하게 만드는 리더십이 반드시 필요하다고 생각한다. 목소리가 듣고 싶으면 그냥 전화를 걸면 되는 것이다. 우물쭈물하는 건 정말 매력 없어 보인다. 상대가 알아주길 바라면 가만히 있지만 말고 먼저 피력하고 행동하면 서로 가까워질 수 있는 기회가 생길 것이다.

내가 하고 싶은 게 있어도 그냥 상대가 늘 하자는 대로 하고 휘둘리다 보면 질질 끌려다니게 될 가능성이 있다. 인생도 똑같은 것 같다. 생각대로 살지 않으면 사는 대로 생각하게 되는 것처럼 내가 원하고 하고 싶은 일을 찾아 도전하고 시도하다 보면 그것이 나와 잘 맞는지, 어울리는지 쉽게 판단하고 결정할 수 있는 안목이 생기는 것 같다.

일단은 저지르고 보는, 꿈과 목표를 향해 당차고 진취적인 여자가 되어 끊임없이 도전하는 삶을 계속 살기 바란다.

사람들이 여행의 매력에 대해 물어보는데,

갑자기 내 눈앞에 나타난 무지개 하나,

강물 위에 흘러가고 있는 물결 사이에서 발견하는 반짝임 하나,

이런 게 사람들의 인생을 바꿔요.

그런 걸 마주할 수 있는 게 여행이거든요.

- 임형주 -

08

클럽 죽순이 효녀 되기

"오늘도 대전 한번 뜰까?"

"오~ 완전 좋지!"

기억을 더듬어 순수했던 17살, 춤을 맛보기 시작했다. 춤추고 노는 것을 유독 좋아하는 친구들 덕분에 우리는 대전에 첫 발을 내딛었다. 대전 유성에 있었던 어느 나이트와 은행동 근방이 어렴풋 기억난다. 주말이면 각자의 콘셉트를 잡아 나름 화려하고 튀는 옷들을 준비해 기차를 타고 대전으로 향했다. 대전역에 내리면 바로 '은행동'이라는 곳이 보였다. 오래전 일이라 잘 기억나지 않지만 그곳은 숙박시설이 꽤 밀집된 곳이었던 것 같다. 우리는 바로 그곳에 숙소를 잡고 짐부터 풀었다. 각자 서로 예쁘다고 칭찬해주며 어른 놀이를 하기에 바빴다.

"나 이 옷 어때? 이 옷 잘 어울려?"
"오늘은 너 이 콘셉트로 가, 딱이네."

나름 예쁘게 꾸미고 대전의 시내를 활보하기 시작했다. 당시 우리는 나름 자신감이 하늘을 치솟았고 이 세상에 겁날 게 없었던 고딩이었다. 각자 자기 잘난 맛에 사는 고딩들이었다. 지금 생각해보면 그저 피식 웃음만 나온다. 많은 우여곡절이 많았지만 그래도 참 즐거웠던 시절이다. 고딩 여자 4명에게 말을 거는 남자들은 꽤 많았다. 고급스런 차가 무기였던 그들이다. 철없던 당시엔 좋은 차를 끌고 다니는 남자를 보면 그게 전부라 생각했다. 좋은 차 타고 다니는 남자가 아무래도 멋져 보인 건 사실이다.

초반에 말을 거는 사람들은 다 별로였다. 세 번째 남자가 소나타 차를 타고 말을 걸었다.

"저기요, 우리 같이 놀래요!"
"저희 일행 있어요!"

소나타라는 이유로 튕겼던 건 절대 아니었다. 그냥 뭔가 싫었다. 네 번째 남자가 말을 걸었다. 차는 다 아는 고급차였다.

"뭐 하세요? 시간 되면 우리랑 놀아요. 우리도 남자 4명인데."

이번 남자들은 매너도 좋아 보이고 뭔가 좋아 보였다. "아, 그래요? 인원이 딱 맞네요." 우리는 그들과 놀기로 했다. 차 2대로 이동했다. 미성년자였던 우리를 받아줄 술집은 없었기 때문에 우선 포장마차가 밀집되어 있는 곳으로 갔다.

포장마차 한구석에 자리 잡고 술 한잔하며 취해갈 때쯤 눈을 맞추며 서로를 의식하기 시작했다. 밖으로 같이 나가자는 우리의 신호다.

"저희 화장실 잠깐 갔다 올게요."
"뭘 화장실을 단체로 가요?"
"우리는 늘 무리로 다녀요. 그리고 특히나 지금은 밤이라 무섭잖아요!"

그렇게 나가서 우린 그냥 춤이나 추러 가는 걸로 결정했다.

"아, 재미없었어! 저 노땅들이랑 대화가 안 되어 잠이 와 죽는 줄."

우리는 서로 수다를 하며 다음 행선지로 향했다.

시내 근처에 홍명상가라는 곳에 몇 개의 클럽이 있었다. 정확한 상호
명은 전혀 기억나지 않지만 거울이 사방에 붙어 있었고 잘생긴 남자들이
꽤 있었다. 우리는 춤과 시끌벅적 음악에 빠져 흥에 취해 그 누구보다 행
복했다. 살아 있음을 느끼게 해주는 곳이었다. 유일한 돌파구였다. 클럽
에서 만난 일행과 밖으로 나왔다. 홍명상가 맡은 편에는 벤치가 있는 작
은 공원이 있었다. 그곳에서 우린 잠시 이야기를 나누게 되었다. 그곳에
서 만난 남자아이는 정말 얼굴이 멋있었다. 얼굴도 하얗고 연예인 같은
이미지랄까. 우린 서로 호감을 가지게 되었고 조금씩 친해졌다. 간만에
느끼는 설렘이랄까. 이대로 함께 놀고 싶었다. 외박하면 엄청난 풍파가
닥칠 텐데 잠시 고민했다. 기차 타고 집에 가야 하는데 한편으론 집에 들
어가기가 싫다. 또 맞을 생각을 하니 집에 돌아가고 싶은 생각이 싹 사라
졌다. 하지만 외박하고 들어가면 또 박살날 게 뻔하다. 고민을 하다가 결
국 막차가 끊겼고 그대로 단념했다.

휴대폰 벨소리가 울렸다. 집에서 전화가 왔다. 분명 집에 안 들어온다
고 소리를 지를 게 뻔하다. 무서워서 전화를 피했다. 벨소리가 끝나고 바
로 휴대폰 전원 버튼을 꺼버렸다. 벨소리가 들릴 때마다 불안해서 견딜
수 없으니 맘 편히 놀고 싶었다. 그렇게 우리는 가끔 대전을 오가며 함께

춤을 추고 즐겼다. 그날 집에 돌아가서 어김없이 또 얻어맞았다. 내 휴대폰도 망치로 박살이 났다. 이젠 폰을 들고 다닐 수 없다.

고등학교 여름방학 때 일이다. 친구들과 놀고 싶어서 우리는 여름휴가 계획을 잡기로 했다. 분명 부모님들은 우리끼리 놀러간다면 허락해주시지 않을 거란 걸 알고 학교안내문을 위조했다. 학교장이라는 도장이 필요해 살짝 빌려 도장까지 완벽히 찍었고 '존경하는 학부모님께'라는 말로 시작해 안내장을 만들었다. 학교 단체로 떠나는 여름방학 견학을 가기 위한 안내장이다. 돈도 필요했기 때문에 회비까지 적기로 했다. 너무나 완벽한 안내장이었다. 갈 수 있을 거라 생각했던 나는 걸려버렸다. 새엄마가 학교에 전화해본 것이다. 방학에 학교에서 견학 간다는 건 말도 안 되는 것이었다. 순진했던 우리는 막연히 놀러가고 싶었던 것뿐인데, 거짓말이 탄로 나서 나만 못 가게 되자 너무 허탈했다.

"이 미친년이 거짓말을 해!"

바로 새엄마가 개 패듯 때리기 시작했다. 당시 새엄마는 식당을 하고 있었고 나는 교복을 입고 도와드리러 갔다가 그 식당 테이블 밑에서 밟히고 있었다. 구경하고 있던 사람들과 주방에 있던 이모들은 일부러 시선을 다른 쪽으로 돌렸지만 난 미친 듯이 부끄럽고 너무 아팠다. 등을 중심으로 시퍼런 멍들이 문신처럼 박혔다. 미친 듯이 맞은 등판이 소고기가 썩어 들어가는 상태라 표현할 수 있을 만큼 충격적이고 아팠다. 그렇게 방황했던 시절을 지나 나의 변화는 놀라울 정도였다. 그토록 음주가무를 즐기고도 평생 그렇게 즐기면서 철없이 놀고 싶었다. 나를 걱정하는 부모님이 계셨지만 상관없었다. 그런데 어느덧 철이 들고 어른이 된 나는 반전을 경험할 수 있었다. 언제부턴가 내가 부모님을 보호해야겠다는 감정을 느낀다. 부모님이 어딘가 몸이 불편한 모습이 느껴지면 불안해서 견딜 수 없다. 여행 갈 때마다 몸에 좋다는 약은 종류별로 구입해서 부모님에게 선물하기 바빴다. 올해 77세이신데다 바짝 마르신 아빠의 뒷모습을 보면 가슴이 너무 찡하고 아프다. 얼른 결혼해서 아들딸 낳고 행복한 모습을 보여드려야겠다는 생각뿐이다.

분명 부모님과 좋았던 기억도 충분히 많을 것이다. 부모님이 자식을 낳아 기르고 키울 때 부단히 힘들어하셨을 거란 걸 안다. 우리는 그때의 부모님 심정을 전혀 알지 못했다. 마냥 철부지 없었던 시절 크게 바라보지 못했고 알지 못했다. 지금 부모님은 나의 보물이다. 언젠가 사랑하는 남편을 만나더라도 우리 부모님을 더 아끼고 사랑해주는 사람이었으면 좋겠다. 어렸을 때를 생각하면 너무 가슴 아프고 눈물 나지만 그런 과거가 있기에 지금의 내가 있고 그런 부모님이 계시기에 지금의 내가 있다고 생각한다.

"굳이 그렇게 잘할 필요 있어? 어릴 때 너 그렇게 힘들게 했는데 넌 억울하지도 않아?"

"이제 그만 노력해도 될 것 같은데. 넌 그렇게 잘해주고도 새엄마한테 욕먹잖아."

"네가 해준 게 뭐가 있냐고 말했다며!"

"자꾸 진 빼지 마. 이젠 스트레스 받지 말고 너를 위해 살아."

주위 친구들과 지인들은 가끔 말한다. 이 말도 틀린 말은 아닌 것 같다. 솔직히 어릴 적 학대당한 기억들이 내 가슴속에 남아 있으니 나도 답답할 수밖에 없다. 그토록 철없이 놀고 싶었던 어린 시절에 그런 나를 받아줄 수 없었던 부모님은 학대로 나를 대했지만 난 이제 사랑으로 되갚으려 한다. 방황했던 나를 잡아주려 했던 부모님이 계시기에 지금에 내가 있다고 생각한다. 지금은 그 누구보다 제일 소중하고 사랑하는 존재다. 영원히 함께 늦둥이 딸 곁에서 행복하셨으면 좋겠다. 그 많은 연세에도 어디 아프지 않고 잘 지내시는 부모님을 보면 정말 너무 감사한 마음뿐이다.

'어르고 키운 효자 없다'는 속담이 있다. 너무 '오냐 오냐' 하며 키우면 자식이 버릇이 없어져 불효를 하게 된다는 뜻이다. 진정 와 닿는 말이다. 나는 나를 강인하게 만들어준 부모님께 감사한다.

어쩌면 여행이라는 건 내가 다시 가려는 집으로 돌아오는 길.

멀리 에둘러서 돌아오는 길이 아닐까

내 삶과 장소와 현실에 대한 고마움을

다시 자각하게 되는 계기가 아닐까.

- 이영미 -

4 장

남는 게
사진뿐인 여행을
피하는 기술

01

현지에 가서 외국어 마스터하기

어릴 때는 무언가 '배우고 싶다', '공부하고 싶다'라는 생각은 단 한 번도 해본 적이 없다. 그런 내가 어떻게 외국어공부를 하게 되었는지 신기할 따름이다. 아마도 처음으로 떠났던 해외여행이 나에겐 큰 자극이 되었던 것 같다. 그냥 여행을 짧게라도 현지에 가보길 권한다. 그러면 무언가 감이 온다. 해외여행을 통해 동기부여가 된다. 외국어를 모르니까 정말 불편하다. 그러다가 갑자기 외국어가 너무 배우고 싶다. '아 이래서 배워야 하는구나.' 깨닫는다. 벙어리처럼 입을 닫고 있는 내가 너무 바보 같았다. 아기들처럼 옹알이라도 한번 해보고 싶었다.

21살 일본 어학연수를 다녀와서 지극히 자극받은 나는 학원을 다니며 일본어를 배워야겠다고 결심했다. 당시 영등포 글로벌 어학원에 1년치를 등록하고 공부를 시작했다. 처음엔 열심히 하겠다는 다짐 아래 뜨거운 열기로 가득했다. 무조건 회화는 마스터하겠다는 자신했다. 그 뜨거웠던 열정도 잠시뿐, 결석이 잦아지면서 금세 포기하게 되었다. 역시 작심삼일로 마무리되었고 흐지부지된 일본어 공부는 잠시 뒤로 미뤄두기로 했다.

그 이후 또 한 번의 기회가 왔다. 일본에서 미용을 배우기 위해 워킹홀리데이로 떠났다. 미용을 배우면서 많은 문제들로 부딪쳤고 언어 장벽으로 다시 포기할 수밖에 없었다. 다시 일본어를 제대로 배워야겠다고 생각했다. 합격률, 진학률이 높다는 외국어전문학교에 입학을 했고 일본어과에 레벨테스트를 받은 후 간단한 인터뷰를 했다. 앞으론 학교에만 집중하기로 했다. 매일 빡빡한 숙제와 시험 준비로 정신이 없었다. 전반적으로 굉장히 어렵다는 학교였지만 현지 학생들에게도 평판이 매우 좋은 학교였다.

일본에서 만난 일본 남자친구 덕분에 어려웠던 숙제는 모두 도움을 받았고 모르는 단어들은 그때마다 물어보고 답을 찾았다. 매일 일본드라마를 반복해서 시청했다. NHK뉴스는 학교에서 공부하는 단어들이 줄곧 나온다지만 뉴스에서 앵커들이 하는 말은 일상회화에 잘 쓰지 않는다. 회화의 상황이 주어지지 않기 때문에 드라마 시청을 주로 했다. 언어를 배우는 최종목적은 결국 회화이기 때문에 학교 공부만이 전부가 아니라는 것이다. 자연스러운 회화로 이어지기 위해서 원어민들과 회화연습을 하는 것이 가장 중요했다.

언어능력의 핵심은 듣고 말하는 것이다. 매일 집 앞에 있던 이자카야로 향했다. 그곳에 있는 주인 언니와 일본어로 대화를 나누고 싶었다. 여자가 말하는 것을 주로 듣고 싶었기 때문이다. 예쁜 말을 쓰는 일본 여자의 말을 집중해서 들었다. 듣는 것은 가능하다지만 내가 서투른 일본말로 전달하는 게 너무 부끄러웠다. 그 부끄러움을 잊으려 나는 일부러 술을 마셨다. 술기운에 일본말을 마구 뱉어버리기 좋기 때문이었다. 술기운에 일본말은 자연스럽게 하고 있는 내가 너무 신기했다. 신이 나서 생각나는 아무 이야기나 뱉었고 그런 연습을 반복했다.

조금씩 말문이 트이기 시작한 듯했다. 일본어가 조금씩 들리기 시작했다. 어느 식당에서 남자친구와 식사 중이었다. 조금 떨어진 자리에서 여자가 일본말로 대화를 하는데 뭔가 이상했다.

"오빠, 지금 말하는 저 사람, 한국 사람인 것 같아."

"응, 맞네. 말투가 다르네!"

이제 나도 일본말 억양과 발음을 어느 정도 파악할 수 있는 레벨이 된 것이다. 너무 신기했다. 정말 언어를 더 잘 구사하고 싶은 욕심이 들었다. 우리는 외국 사람이라 완벽한 발음을 구사할 수 없지만 한국식 발음이 너무 티 나지 않게 사용하고 싶다는 강한 자극이 왔다.

가끔 남자친구와 드라이브하는 차 안에서도 열심히 일본노래를 반복 청취하며 노래를 따라 불렀다. 매일 가는 이자카야에서 일본말 연습을 위해 일부러 술에 취할 정도로 마셨고 이후에도 노래와 술을 함께 마실 수 있는 스낙구에 가서 일본 노래를 자주 연습했다. 로컬에서 즐기며 언어를 배울 수 있다는 건 정말 너무 신나는 일이다. 외국어는 놀면서 배워야 하는 것 같다. 스낙구에서 일하는 언니들과 함께 술 한잔하며 친해졌고 친구가 되었다. 어설픈 일본말이 귀엽다 해서 더 어설픈 일본어를 뱉기도 했다. 일부러 일본여자가 많은 곳을 찾아다녔다.

서툴지만 계속 말했다. 무슨 말인지 모르지만 계속 귀로 듣고 있으니 무슨 말인지 이해할 수 있게 된다. 정말 언어라는 것은 적극적으로 대화할 기회를 많이 만드는 게 가장 중요하다. 늘 내 주위에는 한국 사람들이 없었다. 한국말을 쓰고 싶어도 일본말을 사용할 수밖에 없는 환경이어야 한다. 가끔 일본어 대화가 잘되지 않을 때 너무 답답해서 울어버린 적도 많다. 그럴 때 일본 남자친구의 도움을 참 많이 받았다. 남자친구는 한국어를 좋아해서 한국말 공부를 했다. 우리는 싸울 때 한국말 반 일본말 반을 섞어가며 다투었다. 지금 생각해보면 그 싸움조차도 언어 공부에 도움이 되었던 것 같다.

일본에 있는 내내 남자친구와 붙어 있었다. 우리 둘은 서로 다른 나라에서 태어나 다른 환경에서 자란 사람들이다. 사실 소통이 어렵거나 언어의 장벽이 큰 문제는 아니었다. 서로 다른 문화였다. 서로 다른 문화 때문에 내가 이해할 수 없었던 남자친구의 태도, 나를 이해할 수 없었던 남자친구도 서로 설명할 수 없는 부분이 있었다. 그 나라의 언어를 배우기 전에 그 나라의 문화를 배우는 일이 더 중요했다.

일본의 경우는 예의범절이 한국에 비해 과하다고 느꼈다. 물론 일본 문화에서는 그게 기본이겠지만 친해지기 전의 모습이 너무 큰 차이를 보인다. 친해지기 전에는 불편한 정도로 굽신거리고 대답을 할 때는 고개를 끄덕이고 허리를 굽히는 리액션이 장난이 아니다. 나이가 많든 적든 관계없다. 마지막까지 최선을 다해 리액션하고 허리 굽혀 인사까지 한다. 처음에는 이런 부분이 예의라고 생각하지 않았는데 교제기간이 길어지면서 알게 되었다.

남에게 피해 주는 일은 있을 수 없다. 내가 본 일본 사람들은 남에게 피해도 안주고 피해받는걸 꺼려하는 성향이 매우 강했다. 일단은 남에게 부탁하는 것을 어려워했다. 만약 부탁을 해야 하는 경우라면 꼭 말 앞에 '미안하지만'을 반드시 붙였다. 나는 처음에 이런 부분이 적응되지 않았다. 말들은 너무 가식처럼 느껴졌고 이해할 수 없는 부분을 적용하기 조금 힘들었다. 남자친구도 가끔 나의 건방져 보이는 태도에 놀랐다고 한다. 한국식 일본어를 사용하다 보니 살짝 버릇없어 보이는 경향이 있었나 보다.

일본인의 행동방식은 '인사이더'와 '아웃사이더'라는 뚜렷한 경계에 의해 달라진다고 한다. '다테마에'라는 겉모습과 '혼네'라는 본심이 있는데 이런 부분을 분별 있게 가려내는 눈치가 필요하다. 분별력이 없는 언어는 힘들다. 신세를 지는 경우에는 반드시 잊지 않고 아낌없이 돌려주고 갚아야 하는 게 일본 문화다. 그리고 늘 '야사시이'한 태도, 즉 다정하고 점잖은 사람으로 비춰지는 태도와 언어를 사용한다. 그리고 '스미마셍'을 남발한다.

처음은 쉬워 보일 수 있지만 일본어는 전 세계에서 가장 배우기 어려운 언어에 속한다고 한다. 존경을 표할 때, 공손하게 말할 때, 공식적인 자리에서 말을 할 때 등 서로 전혀 다른 어휘를 사용해야 하며 어법이 다르다. 남자와 여자가 사용하는 일본어도 다르다는 것을 현지에 살면서 새삼 느꼈다. 외국어는 단순히 교과서적인 언어만 배우는 것에서 끝이 아니었다. 현지에서 사람들과 함께 마음을 읽고 공감하며 매력적인 언어를 사용할 수 있는 것은 진정 값진 경험이다.

여행이 주는 가장 큰 선물은

다른 사람을 이해하게 되는 거라고 생각해요.

다른 사람의 시각에서 삶을 볼 수 있잖아요.

세상을 여러 시각으로 볼 수 있다는

기회가 있다는 것이 너무 감사합니다.

- 나교 -

02

목숨을 2번 건 번지점프

2014년 그때를 생각하면 생각만 해도 끔찍하다. 나는 어릴 때부터 무서운 놀이기구를 썩 잘 타는 아이도 아니었다. 고소 공포증이라고 해야 할까. 높은 곳에 올라가면 뭔가 찌릿찌릿해 해지면서 다리가 떨린 적이 누구나 있지 않을까. 나는 원래 겁이 많은 체질이기 때문에 놀이기구도 주위의 시선에 마지못해 기회가 생겨 탔던 것뿐이지, 나 스스로 좋아서 탄 적은 없었던 걸로 기억한다. 한동안 여행 동호회 사람들과 함께 여행할 때였다. 인원은 여자 남자 고루 섞여 약 15명 정도로 구성된, 여행을 사랑하는 액티비티한 모임이었다. 요즘엔 이런 모임들이 꽤 있을 것이다. 생각보다 액티비티한 모험을 즐기는 이들이 많아졌다. 버킷리스트

중 '번지점프 해보기'는 일반적이다. 나 또한 버킷리스트에서 '번지점프 해보기' 목록이 아직 지워지지 않은 1인이었다.

우리는 이곳저곳을 여행하며 쿠알라룸푸르에 정착했고 '1개월 이상 살아보기 프로젝트' 실행에 옮기게 되었다. 계획 없이 워터파크를 가게 되었고 워터파크의 이름은 '선웨이라군'으로 기억한다. 이곳에는 수영장, 파도 풀, 동물원, 아이들 전용 놀이터 등이 있었고 짚라인과 번지점프 하는 곳이 마침 있었다. 생각보다 규모는 컸다. 비가 내렸고 날씨는 딱 좋은 기온이었다. 우리는 제일 만만한 워터 슬라이드를 먼저 탔다. 해외에서 즐기는 워터파크도 꽤나 즐거웠다. 이리저리 열심히 물놀이와 카트를 타고 나니 출출해졌다. 우리는 피자, 핫도그, 감자튀김 정도로 간단히 배고픔을 달래고 잠시 휴식을 취했다.

휴식을 취하면서 전원이 번지점프를 하기로 했는지 정확히 기억나지 않지만 그 이후 어딘가에 신청서를 작성 후 사인을 하고 점프대 위에 올라가 우리는 조용히 앉아 벌벌 떨고 있었다. 번지점프대를 보니 그냥 이대로 포기하고 내려가고 싶다는 마음이 굴뚝같았다. 정말 하고 싶지 않았다. 안전교육 해주는 분도 모두 외국인이다. 난 영어 울렁증이 있었다. 듣는 것만으로도 힘든데 번지점프 직원까지 모두 외국인이라니 하늘이 노랗게 보였다. 한국에서 번지점프를 해도 되었을 텐데, 이러쿵저러쿵 혼자 불만이 많다. 손발에 식은땀이 났고 온몸은 미칠 듯이 떨렸다. 직원 분은 지시사항에 따르라는 말을 하고 있는 것 같았다.

결국 내 차례가 왔다. 내 다리에 끈을 묶기 시작했다. 순간 난 다급하게 말했다.

"아니요! 아니요! 잠깐만요! 잠깐만요!"

대충 알아듣는지 그들은 잠시 행동을 멈췄다. 순간 미친듯이 울고 싶었다. 밑을 보니 머리가 하얘지고 노래진다. 입이 바짝 마른다. 오만 생각이 내 머릿속을 스쳐갔다.

'만약 뛰어내리다가 줄이 끊기면 어떡하지? 난 그럼 저 물속에 빠지는 건가? 저 물속 수심은 어느 정도 될까?

그동안 다른 사람들이 먼저 지나갔다. 그 모습을 보자 이런 생각이 들었다.

'다들 멋있게 뛰어내리는데 나라고 못할 거 없지.'

나는 다시 한 번 용기를 냈다. 다시 내 차례가 왔다. 번지점프대 앞에 서니 모든 것이 후회가 되었다. '내가 왜 여기까지 왔을까'부터 여행 온 자체부터가 나의 실수였다고 판단했다. 갑자기 아빠 엄마가 보고 싶어졌다. '아니야, 할 수 있어.' 파이팅을 외쳤다. 이제 카운트를 셌다.

"쓰리, 투, 원, 점프!"
"꺄악!!"

가까워지는 강을 보았다.

'아, 살았구나!!'

비명소리가 웃겼던지 밑에서는 웃는 소리가 들렸다. 정신차려보니 난 무사히 살아 있었다. 생각보다 카운트는 빨랐고 '점프!'라는 명령을 들었을 때 나는 두 눈을 감고 온몸을 던졌다. 죽기 아니면 까무러치기다. 강해지겠다는 나의 생각은 나의 두려움을 뛰어넘었다. 순간 난 무서워서라도 못 죽겠다는 생각이 들었다.

다음은 짚와이어(짚라인)를 타러 이동했다. 번지점프부터 하고 짚라인을 타니 그냥 그네 타는 기분이랄까. 아무튼 정말 재미있었다. 그냥 다리만 ㄱ자로 뻗고 내려가면 되는 것이다. 생각보다 매우 간단했다. 그대로 쭉 타고 내려왔다. 박진감 넘치고 스릴 있는 스포츠를 즐기는 여행도 상당히 큰 매력으로 남는다. 첫 번째 번지점프 이후 또 한 번의 번지점프를 도전해야겠다는 생각이 들었다. 다시 한 번 내 자신을 테스트해보고 싶었다. 첫 번째 도전은 마지못해 시작했으니 두 번째 번지점프는 자신감 있게 확실히 도전해보고 싶은 욕심이었나 보다. 뭔가 '제대로'라는 욕망에 사로잡혀 계획에도 없던 2번째 도전을 했다.

두 번째 번지점프만큼은 멋지게 뛰어내리리라 다짐하며 왔건만 어찌 첫 번째 번지점프보다 더 무섭고 힘들었다. 여유 있게 충분히 멋지게 뛰어내릴 줄 알았다. 기다리는 대기시간도 첫 번째보다 더 길었던 것 같다. '이러려고 온 건 아닌데.' 사람이 참 마음먹은 대로 하기 어렵다. 어찌 됐든 두 번째 번지점프도 이 한 몸을 바쳤다. 이번엔 엄청 놀랐는지 얼굴에 붉은 반점들이 잔뜩 올라와 있었다. 다시는 두 번 다시 하지 않기로 굳게 다짐했다. 이쯤에서 만족한다. 내가 너무 욕심을 부렸던 것 같다. 대단해지려 생각하지도 말고 그냥 쉽고 단순하게 살기로 했다. 우리는 많은 생각에 복잡한 인생을 살게 되는 것 같다.

2번을 용기 있게 액션을 취했던 나 자신에게 대견스럽다고 말해주고 싶다. 두렵고 겁이 나도 마음만 먹으면 가능했다. 자신에게 한계를 두지 말기로 했다. 세상에도 다양한 기계장치들과 밧줄이 있다. 중력이 있고 흐름이 있다는 것이다. 우리가 해야 할 것은 그저 단순하게 뛰어내리기만 한다는 것이었다. 막상 뛰어들면 그 어떤 것도 마무리되고 결과가 나온다는 것. 그 깨달음 속에 번지점프는 끝이 났다. 상장도 받고 내 생에 아주 보람된 체험이었다. 한 발자국을 나가지 못해 포기하는 일이 허다했다. 세상 사람들 대부분은 이런 경험이 많이 있을 거라 생각한다. 번지점프도 같은 개념일 것이다.

번지점프는 섬에 거주하던 원주민들의 성인식에서 유래되었다고 한다. 자신들의 담력을 증명하기 위해 시작되었고 이 모험적인 성인식은 서서히 알려지기 시작했다고 했다. 이후 영국 옥스퍼드대의 모험스포츠클럽 회원 4명이 미국 샌프란시스코에 있는 금교문에서 뛰어내리면서부터 번지점프가 시작되었다고 한다.

해보기 전까지는 가슴이 뛰고 하늘이 노랗고 온몸이 떨리는 순간을 겪으며 '과연 내가 할 수 있을까?'라는 의심부터 하게 된다. 한계부터 짓지마라. 한 발자국씩 앞으로 나아가 액션만 취하는 것뿐이다. 자신만의 한계를 뛰어넘어 짜릿함을 느낄 수 있는 멋진 도전이었다. 앞으로 두려움에 마주치는 순간을 그렇게 즐기겠노라고 결심했다.

이렇게 나의 버킷리스트 하나 클리어! 번지점프는 성공했다. 어쩌다 도전한 나의 액션이 결과를 만들었다. 그리고 무언가 너무 허망된 욕심도 부리지 말자는 교훈을 얻었다.

내 생애 절대 잊을 수 없는 스릴을 추억하며.

번지점프를 하는 방법은 오직 한가지입니다.

그냥 뛰는 것입니다.

생각이 많을수록 뛰기 어렵습니다.

생각이 많으면 많을수록 하고 싶은 것

못하고 힘들고 어렵다는 말만 하게 됩니다.

그냥, 뛰십시오.

– 혜민 스님 –

03

일본 남자와 사랑에 빠지다

"한국 사람이에요?"

"네, 일본 사람이세요?"

"네, 한국말 좋아해요."

"한국말 잘하시네요."

"조금 해요. 쪼끔만."

어눌한 말투로 천천히 또박또박 한국말을 하는 모습이 무척이나 귀여
워 보였다. 일본유학 시절 어느 이자카야에서 남자를 만났다. 한국을 좋
아한다며 환한 미소로 말을 붙여왔다. 성격이 아주 화통하고 유쾌한 모

습이 그냥 왠지 편안했다. 맥주 한잔의 기분전환이 필요했고 혼자 숙소에 있기는 심심했는데 나오길 잘했구나 싶었다.

일본 워킹홀리데이로 미용을 하면서 알게 된 동생의 송년회에서 우리는 더욱 친해졌다.

"반말 해도 되지?"
"전화번호 알려줘."
"힘든 일 있으면 언제든지 오빠한테 연락해."
"오빠가 맛있는 밥 사줄게."

띄엄띄엄 정확하게 말하기 위해 천천히 쉼표 찍듯이 말하는 그 남자가 불편하지 않았다. 적극적으로 한국어를 표현하기 위해 말하는 모습이 귀여웠고 뭔가 모를 든든함이 좋았다. 무작정 나 홀로 자리 잡은 일본 땅에서 외롭고 무언가 공허했는데 그 타이밍에 일본에서 좋은 친구가 생겨서 내심 기뻤다. 일요일 오후 점심 약속을 했다. 차를 타고 내가 있는 숙소로 오겠다고 말했다. 전반적으로 소박함이 묻어 있는 자동차와 막 일을 하고 온 듯한 작업복 차림의 아저씨가 보인다. 솔직히 좀 놀랐다.

'이건 아무래도 예의가 아닌 듯한데 서로 아무 사이는 아니지만 처음으로 식사하는 자리에 저 작업복은 뭐지?'

좀 황당했다. 사실 같이 있는 게 불편하고 싫었다. 얼른 밥이나 먹고 들어갈 생각으로 대충 밥을 먹고 숙소로 들어왔다. 생각해보니 내가 그 사람의 옷차림에까지 간섭할 이유는 없었다. 아무 사이도 아닌데 옷차림을 내가 판단하는 것은 좀 아닌 듯했다. 그냥 일이 바빠서 갈아입지 못하고 온 것일 수도 있다. 겉모습으로 사람을 판단하는 건 아무래도 잘못된 것이다. 처음 접해보는 유형의 사람이라 낯설었지만 상당히 검소해보였고 좋은 사람 같았다.

그 남자는 틈만 나면 나에게 전화를 했고 일본어를 알려주겠다며 함께 식사하고 싶다고 했다. 정말 다정하고 친절했다. 역시 나는 적극적인 남자에게 약하다. 어차피 난 일본에 친구도 없고 일본어 공부를 도와줄만한 누군가가 필요했다. 그렇게 만남이 잦아지기 시작했다. 편안한 오빠 느낌이 나쁘지 않았고 센스 있는 유머 감각과 당당한 모습이 참 좋았다. 나의 잘못된 일본어를 고쳐주고 잘할 수 있도록 신경 써주는 모습까지 고마웠다. 우린 자주 만남을 이어갔고 꽤 많은 이야기들이 오고갔다.

"일본에는 지진이 많으니까 조심해야 돼. 혹시나 지진이 왔을 때는 전화연락이 안 될 수도 있어. 그때는 무조건 오빠가 알려줬던 거기로 와. 오빠가 꼭 데리러 꼭 갈게."

정말 진심이 담긴 눈으로 나를 바라봐주는 그 남자가 참 고마웠다. 타향살이로 외로운 나에게 힘이 되어준 그 남자에게 점점 매력을 느꼈다.

2011년 3월 11일, 동일본 대지진이 있었다. 그때를 생각하면 정말 아찔하다. 지금도 잊혀지지 않는다. 한국에 계시는 부모님에게 당장 한국으로 돌아오라는 통보를 받았다. 난 계획에도 없었던 귀국을 결정했고 최대한 빠른 시일 내 일본생활을 정리하기로 했다. 우리는 서로를 알아가기도 전에 이별을 준비해야 했다. 한국 가기 전에 오빠가 좋아하는 '오하나미' 벚꽃축제(사쿠라 마츠리)를 함께 가고 싶다고 했다. 흔쾌히 가기로 약속했다. 벚꽃(사쿠라)은 일본인이 가장 애착을 갖는 일본을 대표하는 꽃이다. 우리를 가장 먼저 반기던 나란히 줄서있는 분홍빛 꽃길 풍경. 처음으로 가보는 일본 사쿠라 축제는 정말 예뻤다. 그저 꽃길을 걷는 순간순간이 너무 설레었다.

일본 전역에서 몰려드는 관광객들로 엄청나게 붐비는 거리, 시끌벅적한 축제 분위기 속에 활력이 넘쳤다. 축제가 한창인 장소에 다다르자 벚꽃이 한가득, 먹거리도 꽤 다양했다. 만개한 사쿠라가 햇살에 반짝이며 휘날리는 모습이 너무 예뻐서 사진 찍기에 바빴다. 꽃잎 한가득 떨어진 바닥에 벚꽃나무를 등지고 예쁜 돗자리에 앉아 피크닉을 즐기는 일본인들의 여유로운 모습이 참 멋져 보였다.

사계절 중에서 나는 봄을 가장 좋아한다. 시작을 의미하는 4월이 정말 좋다. 그래서 그날은 왠지 모를 설렘이 한층 더했다. 우리는 해가 질 때까지 이 순간을 이어갔다. 술과 음식들을 맛보며 분위기에 취해 이런저런 이야기를 나누었고 우린 더 가까워졌다. 살짝 오른 취기에 우리 둘은 손을 잡았다. 그대로 벚꽃 길을 걸었다. 오빠가 말했다.

"꼭 다시 일본에 와. 기다릴게."

난 대답할 수 없었다. 맘속으로 '이 사람 참 따뜻한 사람이구나.' 생각했다. 예쁜 벚꽃 사이로 반짝 빛나는 조명이 길을 비춰주었다. 너무 예쁘고 로맨틱했던 마지막 벚꽃 길을, 그날을 절대 잊을 수 없다.

나고야 공항에서 함께 밥을 먹고 커피 한잔하며 오빠는 뭔가 모를 아쉬움을 표현했다. 우린 서로 포옹으로 마지막 인사를 했다. 눈시울이 붉어진 오빠를 보고 나까지 아련해졌다. 왜 그리 불쌍해 보였는지 모르겠다. 보안검색대 통과할 때까지 밖에서 나를 지켜보고 있었다. 왜 이리 내 가슴을 찡하게 만드는지 이해할 수 없었지만 계속해서 여운이 남았던 우리는 아쉬움을 남긴 채 연락을 계속 이어가고 있었다.

한국에 귀국 후 2주 될 무렵 연락이 왔다.

"너 보고 싶어서 미치겠어. 내일 한국 갈게."

"뭐? 갑자기 한국 온다고? 일은 어떡할 거야?"

"직원 있어서 괜찮아."

"직원?"

그토록 불쌍해 보이고 누추한 작업복 차림으로 나를 만나러 왔던 그 사람은 회사 사장이었다. 허세 없이 절제되어 소박한 삶을 사는 이 남자에게 나는 많은 걸 배웠다. 난 내가 존경할 수 있는 사람을 사랑한다.

부산김해공항으로 마중을 나갔다. 우린 서로를 꼭 안았다. "너무 보고 싶었어!" 그날은 유난히 많은 비가 내렸다. 앞이 보이지 않을 정도다. 운전하기 힘들었지만 그 자체만으로도 로맨틱했다. 휴게소에 잠시 들러 오빠가 처음 맛보는 휴게소 음식들을 소개해줬다. 나도 소박함을 보여줬다. 우리는 차 안에서 비 내리는 소리를 들으며 간식을 먹었다. 신나게 한국음식을 먹는 모습이 너무 사랑스러웠다. 소소한 행복을 느꼈던 그때 그 사람을 잊을 수 없을 것이다.

호텔에 도착해서 체크인 후 한국의 전통이 느껴지는 파전 집으로 향했다. 그곳에서 동동주와 파전, 도토리묵을 시켜 먹어보라고 했다. 술 한잔 기분 좋게 마시고 손을 잡고 무작정 걸었다. 산책로는 평온했다. 비가 그

치고 공기는 매우 신선했고 그윽한 안개가 낀 밤이다.

"솔직히 나는 네가 정말 좋아. 솔직하고 순수한 너 모습이 진짜 좋아. 결혼하고 싶다. 오빠를 조금만 더 지켜봐줘. 일본 가자! 오빠만 믿고 따라와. 일본에 다시 돌아와줘!"

어눌한 한국말로 어색하지만 또박또박 말하는 그 속에 진심이 느껴졌다. 참 고마웠다. 그 사람도 솔직하고 순수했기에 우린 서로 모든 감정의 교감이 가능했다. 이렇게 먼 길까지 나를 만나러 와준 이 사람을 바라보니 감동에 벅차서 눈물이 흘렀다. 마음이 무거웠다. 이렇게 사랑이 시작되는 거구나.

우리는 이곳저곳을 돌아다니며 한국을 관광했다. 관광하는 내내 신나 보이는 오빠를 바라보며 난 너무 흐뭇했다. 더 많은 곳을 보여주고 싶었고 더 행복하게 해주고 싶다는 생각이 들었다. 일본으로 돌아가기 하루 전날 부산 롯데백화점에 들렀다. 나에게 반지를 선물했다.

"우리 약혼반지야. 일본에서 기다리고 있을게. 꼭 와야 해!"

순수했던 나의 20대, 특별한 사랑이었다.

다시 돌아오기 위해 떠나는 것이 여행이다.

– 이영미 –

교토 여자 흉내 내기

"오빠, 저기 영화 속에 나오는 곳 어디야? 진짜 멋있다."

"교토야. 우리가 저번에 갔었던 오사카 있지? 거기서 조금만 더 가면
돼."

"나 저기 가고 싶어. 그리고 나도 저런 옷 입어보고 싶어."

"기모노가 입고 싶어?"

"응, 꼭 입어보고 싶어!"

"그래, 그럼 교토 가자!"

우리가 즐겨 마시는 일본소주 '미즈와리'와 '우롱와리'를 한잔하며 영화

〈게이샤의 추억〉을 함께 보고 있었다. 한 치의 고민도 없이 언제나 쿨하게 결단을 내리는 남자친구가 늘 고마웠다. 20대 호기심 왕성한 나에게 일본에서 할 수 있는 모든 경험을 할 수 있게 적극 응원해주는 사람이었다. 나는 영화 속 촬영지를 몸소 느끼기 위해 교토로 향했다.

〈게이샤의 추억〉이라는 영화의 촬영지로 유명한 '후시미 이나리 신사'는 정말 내 머릿속에 강력하게 박혔다. 새빨간 색과 검은색의 조화가 정말 매력적이다 못해 매혹적으로 느껴질 정도였다. 교토 여행객들이 절대 잊지 않고 찾는 교토의 대표적인 관광명소이다.

'기요미즈데라'도 절대 빼 먹을 수 없다. 자연 경관을 배경으로 높은 절벽에 세워졌다. 그곳에서 사진을 찍으면 감탄이 절로 나온다. 정말 아름답다. '기요미즈데라'까지 올라가는 길에는 많은 일본 전통가옥들이 보인다. '신넨자카 니넨자카 거리'는 일본의 먹거리나 기념품들을 구경하며 교토를 맛보기에 딱인 듯했다.

일본의 자존심 교토는 일본을 대표하는 지극히 일본다운 곳이다. 일본 고유의 정서가 가득 찬 교토는 정말 매력적인 도시였다. 일본이라는 나라를 이해하고 느낄 수 있는 곳은 교토만 한 곳이 없는 것 같다. 일본 헤이안 시대의 문화가 고스란히 남아 있어 신사나 절 등의 건축물들이 참 예스러웠다. 일본 사람들도 교토가 가진 매력에 정취를 느끼고 싶어 한다고 들었다.

영화 〈게이샤의 추억〉은 나에게 호기심을 불러일으켰다. 왠지 모르게 관심이 갔다. 침묵의 400년이라는 다큐멘터리를 본적이 있다. 그곳에서 말했듯이 변치 않는 전통이 있는 일본 유일의 산업이 '게이샤'라고 말한다. 현대를 사는 고귀한 과거인 게이샤는 밀폐된 찻집과 어두운 뒷골목에서 생계를 꾸려가야 한다. 비밀과 관례에 물들어 외부와는 차단된 세계였다.

그들의 세계에서는 우아함과 이국적이고 세련미가 전부이다. 사랑은 냉소의 대상이며 중요한 건 완벽한 겉모습이다. 일반인과 마주한다는 건 매우 드문 일이다. 기모노로 치장하며 분칠한 얼굴과 미소 뒤에 자신의 비밀이 있는 것이다. 게이샤는 특유의 침묵으로 비밀을 보장한다. 이러한 비밀 보장이야말로 게이샤가 존재할 수 있었던 비결이다. 절대 그날 밤의 일을 발설해서는 안 된다.

일본의 상징이 된 게이샤. '마이코상'이라고도 불린다. 일본 사회에 게이샤는 특별한 존재이다. 게이샤 한 명을 키워내는 비용은 약 6억이 넘는다고 한다. 값비싼 기모노와 숙식을 제공한다. 견습 게이샤는 5년간의 훈련을 거친다. 성공한 게이샤가 되기 위해 훈련은 끝이 없다. 완벽함이란 없다는 마인드이다. 게이샤 세계에 발을 들여놓는 여성은 평생 결혼하지 않고 독신의 길을 선택한다고 한다. 게이샤는 전문가 수준의 대화능력과 춤 그리고 문학에 능통해야 하며 예술을 위해 자신을 희생해야 한다. 가장 아름답고 재능 있는 멋진 여성이다. 게이샤는 작은 동작조차도 일반인과 다르다. 게이샤들의 겉모습에는 아무리 사소한 것이라도 상징적인 의미와 관능적인 힘이 있다. 모든 여성의 선망의 대상이다. 남성을 깍듯이 모실 줄 알고 비밀을 철저히 지키며 게이샤 앞에서 한 말은 누설될 걱정을 안 해도 된다. 게이샤의 가장 큰 장점은 입이 무겁다는 점이다. 게이샤에게 중요한 기술 중 하나는 남성의 자존심을 세워주는 일이다. 치밀하게 계산된 게이샤로 성장한 결과다.

대모는 가장 많은 돈을 지불하는 고객에게 게이샤의 처녀성을 팔아 투자한 돈을 회수하는, 조심스러운 거래를 한다고 했다. 게이샤는 고객들에게서 받은 대가 중 수고비를 제외한 모든 돈을 대모에게 바친다. 끝없는 채무자로 대모에게 종속되어 있다.

서양인 최초 게이샤가 된 여성이 있다. 사상 최초 게이샤 관련 논문으로 박사 학위를 취득한 후 직접 게이샤가 되기로 결심했고 이후 정말 게이샤가 되었다.

게이샤들의 재산 1호는 기모노다. 최고급 비단으로 만들어진 기모노는 한 벌당 1,000만 원을 호가한다. 기모노 옷 선을 살리기 위해 속옷을 입지 않는다고 한다.

이런 게이샤가 멋져 보였다. 기요미즈데라에 가는 길에 2명의 게이샤가 눈에 띄었다. 나는 함께 사진을 찍고 싶다고 조심히 말을 건넸고 흔쾌히 받아주었다. 2명의 게이샤와 함께 사진을 찍었다. 나도 게이샤처럼 기모노 체험을 해보기 위해 렌탈샵으로 향했다.

그곳에는 수백 개 정도로 보이는 많은 기모노가 전시되어 있었고 그중 선택을 해서 입으면 되는 것이다. 메이크업부터 헤어세팅까지 모두 일본 여자처럼 만들어주는 코스가 포함되어 있었던 것 같다. 화려하고 정열적으로 보이는 빨간색 기모노를 선택했다. 엄청 화려하고 섹시해 보이는 기모노였다. 내가 교토의 게이샤가 된 기분이랄까? 일본스타일의 메이크업이 어색했던 것 외에는 전반적으로 너무 즐겁고 설레는 멋진 체험이었다.

교토 여자는 자존심이 매우 강하고 차분하면서도 여성스러운 면이 강하다고 한다. 일본을 대표하는 여자라고 표현해도 틀리진 않을 것 같다. '일본을 알고 싶으면 교토로 가라'는 말이 있다. 나는 일본을 알고 싶었고 교토여자의 매력을 느껴보고 싶었다. 특히 게이샤의 마인드도 함께 배우고 싶다는 생각도 들었다. '게이샤'처럼 우아함과 교양함을 갖추었지만 끊임없이 노력하는 마인드가 진정 멋져 보였다.

교토시내를 남북으로 흐르고 있는 카모강으로 갔다. 해질 무렵 우리는 손을 잡고 교토 카모 강변을 걸었다. 정말 예뻤다. 운치 있었다. 강가에 앉아 더위를 식히는 사람들도 많았고 캔맥주 한잔에 강가에서 여름밤을 보내는 사람들로 가득 찼다. 교토시내의 밤은 주말이라 시끌벅적했다. 카모강 주변으로 커다란 상점들도 많았고 술집이 엄청 많고 북적였던 것 같다. 우리도 카모 강변 어딘가에 자리를 잡았다. 살랑거리는 시원한 밤바람을 음미하며 맥주 한잔으로 갈증을 다스렸다.

우리는 강가를 바라보며 많은 이야기들을 나누었다. 남자친구는 둘만의 미래를 이야기했다. 일본의 교토 문화를 이해하고 알아가기 위해서 오빠가 많이 도와주겠다고 했다.

"너는 일본사람들과 잘 어울릴 수 있는 성격이야. 문제없어."
"오빠랑 결혼해서 이렇게 같이 여행 다니면서 행복하게 살자."
"너는 오빠랑 무조건 결혼할 수밖에 없는 운명이야!"
"오빠만 믿어!"

"아까 기모노 입은 모습 보니까 정말 잘 어울렸어. 너무 예뻤어!"

오빠는 나와의 결혼을 절실히 원했다. 참 고마운 사람이고 사랑하는 사람이었지만 간단히 결정할 수 있는 문제는 아니었다. 나는 늘 고민의 갈림길에서 갈등했고 결정하지 못하고 있었다.

내가 원하는 것, 내가 되고 싶은 것, 내가 가지고 싶은 것 등을 이미지로 시각화했다. 내가 일본 여자가 되어보는 것을 상상하기로.

인생이 곧 영화 같고 영화 자체가 일종의 여행인 것 같아요.

- 류승완 감독 -

05

모델 같은 이탈리아 남자

"우와, 진짜 잘생겼다! 완전 조각인데."

이탈리아 남자는 거지도 모델 같다는 말이 맞나 보다. 이탈리아 남자는 대부분이 연예인급 외모라는 편견이 있다는데 맞는 말 같다. 남성미와 섹시한 이미지가 장난이 아니다. 유럽 여행 때 느낀 건 어떻게 보이는 남자들마다 키도 크고 몸도 좋고 모델 같다는 것이다. 그게 늘 신기했다. 뚱뚱한 사람도 거의 볼 수 없었다. 어느 자료에 의하면 이탈리아 남자는 수다를 많이 떨고 다정한 말을 잘해서 세계적으로 '바람둥이' 타입이 적지 않게 존재한다고 들었다.

나는 사실 외모지상주의자는 아니다. 아무리 모델 같고 조각 같은 얼굴이라고 해도 가벼워 보이거나 진심이 느껴지지 않으면 좋은 감정으로 이어지기는 힘들었다. 누구에게나 본인만의 범위 안에 가장 완전하다고 생각되는 부분이 있을 것이다. 간단히 말하면 내가 원하는 남자는 나에게 적극적으로 다가오는 남자다. 정말 나에게 호감이 있다면 확실하게 마음을 보여주고 호감을 살 때까지 적극적으로 행동하는 남자가 멋있다.

여자든 남자든 아무래도 첫 느낌이 제일 중요하다고 하지만 '외모'와 '첫인상' 2가지로 모든 것이 결정되진 않는다. 사실 오래 못 간다. 언젠가는 흐지부지 연락이 뜸해지다가 서로 연락을 하지 않게 되는 상황이 만들어지기 십상이다. 기본적으로 외모를 가장 많이 보며 다음은 성격, 가치관, 경제력, 건강 등으로 판단하지 않을까 싶다. 그 외에도 궁합, 나이, 직업, 학벌, 취미, 성적인 취향, 느낌, 연애경험, 재능, 집안 등을 보고 상대의 매력점수를 매기는 경우도 있다. 여러 조건이 존재하고 본인이 원하는 이상은 천차만별이다.

사실 나는 이탈리아 남자의 비주얼과는 정반대인 상대에게 호감을 갖는 경우가 많았다. 지금 딱 생각나는 사람은 '백종원, 강호동' 같은 이미지다. 각자 보는 관점은 다르겠지만 나는 그런 사람을 매력 있다고 생각한다. 덩치 크고 건강해 보이며 성격이 밝고 화통해 보이는 이미지다. 중

후해보이며 눈치도 빠르고 알아서 무엇이든 척척 할 것 같은 야무지고 강한 사람. 할 말은 정확히 하되 마음이 순수하고 따뜻해 보이며 체격이 있고 포근해 보이는 다정한 사람이 좋다. 솔직히 정해진 이상형은 없다. 상황에 따라 이상형은 변한다. 나는 외모가 기준이 되지 않기 때문에 상대의 인성이나 가치관에 따라 상대가 좋아지고 싫어진다. 외모는 정말 중요하지 않다. 나를 진심으로 아껴주고 사랑해주면 된다.

스페인 팔마 마요르카의 날씨는 화창했다. 화창한 날씨에는 신발을 벗고 해변가를 걸어보고 싶은 충동을 느끼고 싶어진다. 지중해의 바람과 따뜻한 밝은 햇살이 내 가슴을 너무 설레게 만들었다. 오른쪽으로 보이는 남자 무리가 보인다. 역시 남자들도 모여 있으니 스페인 말이 시끄럽게 들렸다. 웃통을 모두 벗고 바지만 입고 있는 모습은 그 자체가 수영복 모델이다. 순간 '와'라는 소리가 절로 나왔다. 바라보는 것만으로도 괜히 나 혼자 두근거리고 얼굴이 붉어졌다. 혼자 북 치고 장구 치고 다 하는 격이다. 무안해서 팔마해변을 신고 있던 신발을 벗어 들고 맨발로 걸었다. 발바닥에 닿는 모래의 사각거림이 온몸을 간지럽혔다. 발가락 사이 사이로 비집고 들어오는 모래의 감촉이란 형용할 수 없는 부드러움의 극치를 느끼게 해줬다.

카페로 들어가 잠시 맥주 한잔의 여유를 즐겼다. 바다가 바로 보이는 테라스에 자리를 잡았다. 카페 내부에도 꽤 많은 사람들로 가득 차 있었다. 그곳에 앉아 있는 남자들이 하나같이 모델들로 보이는 건, 내 눈이 이상한건가. 자리에 앉아 맥주 한잔하는 모습이 맥주 광고 속 모델들로 보였다. 그들에게 함께 사진을 찍자고 요청했다. 한국에선 그런 용기가 절대 날 수 없었을 텐데, 팔짱을 끼고 바짝 붙어서 입이 귀까지 걸렸다. 오랜만에 느끼는 설렘에 여행 내내 웃음꽃이 난발했다. 내가 만약 한국에서 힘든 일상을 보내는 중에 저런 이탈리아 남자들을 봤다면 지금처럼 모델같이 멋지게 봤을까? 나는 아니라고 생각한다. 그것은 내가 여행 중이었기에 가능한 일인 것이다.

여행을 하는 목적은 각각 사람들마다 다르다. 부모를 위한 효도여행, 사랑하는 가족들을 위한 가족여행, 그리고 쳇바퀴 같은 현실을 벗어나 자유로움을 느끼고 싶은 힐링여행 등 여행의 목적은 사람들마다 다르다. 대부분 사람들이 하는 여행의 최종목적은 힘든 현실을 벗어나 몸과 마음을 힐링하기 위함이다. 그런 힐링을 통해 재충전의 시간을 갖고 다시 채워진 에너지를 근원으로 다시 현실로 돌아와 쳇바퀴처럼 돌아가는 힘든 시간을 견딜 수 있다. 내가 약 20여 개의 해외여행을 했던 이유도 현실의 삶을 벗어나기 위한 힐링이 목적이었다.

지금 당장 현실에서 주위를 둘러보면 마음의 여유가 없기 때문에 모든 것이 회색으로 보인다. 아주 작은 행복도 느낄 수 없으며 바쁜 생활 속에서 느끼는 점이란 극히 제한적일 수밖에 없다. 우리 주위에는 아름다운 것이 많다. 꽃, 환하게 웃는 아이를 보는 것만으로도 행복을 느낄 수 있는 것이 많지만 여유가 없는 바쁜 환경 속에서 그런 것들을 느낄 여유가 없다. 여행을 가면 일상생활에서 보면서도 느끼지 못한 아름다움과 행복을 느낄 수 있다. 마음에 여유가 생겼기 때문이다. 여행을 통해 확실히 느낀 것은 평소에 갖지 못했던 감정과 생각을 할 수 있다는 것이다.

서울 이태원을 나가봐도 서양 남자들을 많이 볼 수 있다. 그 남자들을 아무리 자세히 봐도 이탈리아 여행 중에 느꼈던 감정이 전혀 들지 않는다. 이탈리아가 아닌 이태원인 환경의 영향도 있겠지만 가장 큰 것은 내가 여행 중이 아니란 사실이다. 그런 것들이 참 신기했다. 평소에는 생각하지도 못한 사람과 너무나 절묘한 타이밍에 만나 공감을 하고 사랑을 하게 되는 경우도 있다. 내가 어디서 어떤 상황에서 어떤 타이밍에 상대를 만나느냐는 생각보다 중요한 포인트인 것 같다.

여행은 사람마다 모두 의미가 다르지만 여행을 통해 새로움을 느끼는 것은 똑같다.

'내가 이런 모습이 있었나?'

'이런 생각을 가질 수 있나?'

'내가 이런 용기가 있었나?'

또 다른 나를 발견할 수 있는 여행이 늘 신기하고 새롭다. 이렇게 나를 알아간다. 여행길에 우리는 일상의 평범하고 흔한 사건들과 사람들을 만나지만 그 만남과 사건들은 신선하고 독특하며 특별해질 수밖에 없는 것 같다. 작은 것에 감동하고 기뻐한다. 그리고 감사함을 배운다. 다양한 사람을 만나면서 느낀 것은 이해의 폭이 확실히 넓어지며 삶을 살아가는 데 여러 관점으로 생각해볼 수 있다는 점이다. 나는 정해진 틀에 박혀 '이런 사람이다'라고 정해놓았었다. 그러나 여행을 통해 여러 채널을 열어놓고 생각할 수 있는 여유를 통해 삶을 좀 더 넓게 바라볼 수 있는 시각이 생겼다. 여행하는 과정에서 기쁨을 느끼고 행복을 느끼는 순간순간이 나에겐 보물 상자와 같다. 지금도 나는 보물 상자를 열고 흐뭇하게 웃으며 그때를 떠올리고 있다.

호기심과 여행의 관계

우리에게 필요한 것이 바로 호기심!

세상에 대한 궁금증이야말로

새로운 에너지와 용기를 갖는 데 필요한 원료이기 때문이다.

- 데니스 홍 -

06

료칸에서의 혼탕 체험

"오빠, 나 요즘 피부가 윤기가 없네? 노천탕에서 노천욕 즐기고 싶어
~."

"그럴까? 산이 좋아? 바다가 좋아?"

"둘 다! 하하하."

"오케이! 힐링하러 가자!"

나는 온천을 매우 사랑한다. 온천을 좋아하시는 부모님 덕분에 어릴
때부터 줄곧 온천에 중독되었다. 일본 남자친구도 땀 빼는 걸 좋아해서
다행히 함께 즐기는 데이트로 온천만 한 게 없었다. 처음으로 가게 된 온

천은 산이 보이는 온천을 선택했다. 일본 도쿄와 나고야 사이에 위치한 시즈오카 지역으로 가게 되었다. 일본의 명상으로 모두에게 알려진 후지산과 녹차로 유명한 곳이다. 나에게 후지산도 함께 보여주고 싶은 자상함이 느껴졌다.

온천 가는 길에 시즈오카 고텐바시에 위치한 '고텐바 프리미엄 아울렛'에 잠시 안구정화를 하러 들렀다. 아울렛은 언제나 나의 마음을 풍요롭게 한다.

"사고 싶은 거 있으면 말해도 돼."

남자친구가 나를 위해 말해주었다. 너무 고마웠지만 참았다.
무언가 구매충동이 일어났지만 꾹 참았다. 절제하기로 했다. 바라보는 것만으로도 기분 전환이 된다. 나는 괜찮다. 나는 일본에 소유하러 온 게 아니다. 경험을 쌓기 위해 온 거니까 나는 계속 절제하는 연습을 하기로 했다. 후지산이 보이는 촬영 포인트라고 쓰여 있는 곳을 보았다. 고템바는 후지산이 보여서 정말 좋았다.

일본에서 천연 온천 지역은 료칸이 밀집된 지역이다. 료칸은 일본의 전통적인 숙박시설이고 일반적으로 다다미가 깔려 있는 방이며 유카타를 함께 입을 수 있다. 밖으로 산책을 갈 때는 함께 신을 수 있는 게다도 제공되었다. 료칸은 공기 좋은 산과 바다 근처의 관광지역에 위치하고 있었다. 호텔에 비해 비싸다는 단점이 있지만 전통을 지키는 하나의 공간에서 최상의 서비스를 받을 수 있어서 매우 만족스러웠다.

기모노 차림에 무릎을 꿇고 깊숙이 고개 숙여 친절하게 응대를 해주셨다. 내가 어려워했던 일본어의 경어를 사용하는데 남자친구에게 질문하기 바빴다.

"오빠, 저 아줌마 무슨 말하는 거야?"

아침과 저녁 식사를 제공해주며 손님들이 원하는 식사시간 확인을 미리 요청한 후 룸에서 식사를 원한다면 룸으로 모든 식사를 할 수 있었다. 대부분의 식사는 신선한 가이세키로 알려진 전통 일본식 코스별 요리로 구성되어 있고 지역별 계절별로 조금씩 특징이 있다. 식사가 나올 때 음식에 대해 자세히 설명을 해주며 조식도 퀄리티가 좋아 아주 만족스러웠다. 자기 전에는 다다미 바닥에 푸톤(일본식 요)을 미리 깔아주는 센스까지 감사했다.

도착하자마자 몸을 풀기 위해 우리는 먼저 온천욕부터 했다. 유가타로 갈아입고 대욕장 온천탕으로 향했다. 일본 전통식 온천을 즐길 수 있는 노천탕과 함께 이어진 곳이었다. 평일이어서 그런지 생각보다 사람이 많이 없어서 조용히 온천욕을 즐기기에 너무 좋았다. 온천으로 몸을 따뜻하고 개운하게 피로를 없애고 난 뒤에 맛있는 음식으로 식사를 시작했다. 일본음식은 맛이 신선하고 좋아서 입도 즐겁고 늘 음식들이 예쁘게 만들어져 있어서 먹는 내내 눈도 즐거웠다.

식사 후 소화를 시키고 우리는 손을 잡고 산책을 했다. 아주 천천히 한 바퀴 돌았다. 공기 좋은 한적한 산 속에서 가만히 숨 쉬는 자체만으로도 힐링이 되었다. 너무 행복했다. 그렇게 조용히 오빠는 우리의 미래에 대해 진지하게 이야기했다.

"오빠랑 결혼해서 늘 이렇게 행복하게 살자."

나는 지긋이 미소만 보냈다. 너무 로맨틱한 분위기에 푹 빠질 것만 같았다. 다시 방으로 돌아와 자기 전에 마지막 피로를 풀기 위해 발코니로 향했다. 높은 곳에서 바라본 야경은 바라보는 것만으로도 숨통이 트였다. 뷰가 정말 끝내줬다. 룸 테라스에서 산 전망을 감상하며 밤늦게까지 온천을 즐길 수 있도록 객실마다 노천탕이 있었다. 룸 테라스 너머 숲과 물이 흐르는 소리가 희미하게 들리고 사색을 즐기며 프라이빗한 호캉스를 즐기기에 최고였다. 밤에는 별을 바라보며 온천욕을 즐길 수 있다는 묘한 매력이 있었다.

매일 밤 빠지지 않고 즐기는 일본 술과 이날은 특별히 와인까지 준비되어 있었다. 오빠는 '미즈와리', 나는 '우롱와리'로 멀찌감치 보이는 후지산을 배경으로 감상하며 건배를 했다. 사실 어두워서 후지산이 어디 있는지 잘 보이지는 않았다. 분위기에 취해 후지산이 보이는 것처럼 느끼면 되는 거니 상관없었다. 그 순간이 너무 로맨틱했으니까 마냥 행복했다. 간단히 한잔하고 우리는 함께 노천탕에 들어갔다. 남자와 탕에 들어간 건 태어나서 처음이었다. '혼탕이 이런 느낌이구나! 어두운 밤에 분위기 있게 노천을 즐기는 그 기분은 정말 말로 설명할 수 없다. 우리는 많은 이야기를 나누었다. 지금 생각해보면 참 고마운 사람이다. 졸졸 흐르는 온천 물소리와 살랑거리는 시원한 밤바람이 내 얼굴을 스쳐지나갈 때 기분이 정말 좋았다. 내 마음이 너무 설레었다.

그런 순간순간이 다시 나를 돌아보게 했고 그 순간의 감사함을 느낄 수 있었다. 이 세상은 정말 아름다운 모습들로 가득 차 있다. 나를 다시 뛰게 하고 심장에게 다시 시동을 걸어준다. 내가 기록하고 싶은 인생의 추억이 계속해서 쌓여가고 있었다. 일상 속 소소한 모든 경험과 행동이 생각하지도 못한 위로와 즐거움이 되었다.

아침에 일어나 조식을 먹기 전에 가볍게 '모닝 온천'으로 시작했다. 눈을 뜨자마자 유가타를 입은 그대로 온천탕으로 향했다. 전날에 갔던 곳으로 들어가 옷을 벗고 들어가려고 문을 연 순간 잠이 번쩍 깼다.

'헉!'

그 안에는 남자들이 있었던 것이다. 남탕이었다. 남자들이 온천욕을 하고 있던 장면이 엄청 당황스러웠다. 이른 아침이라 사람들이 별로 없어서 정말 다행이라 생각했다.

'하늘이 나를 도와주셨구나! 감사합니다! 하마터면 아침부터 내 알몸을 일본남자들에게 공개할 뻔했다!'

깜짝 놀란 나는 성급히 유가타를 걸치고 붉어진 내 얼굴을 가리며 미친 듯이 뛰쳐나와 방으로 성급히 올라갔다. 왜 남녀 표시된 커튼을 보지 못했을까. 정말 황당한 나의 행동이 부끄럽기만 했다. 일본의 온천탕은 음양의 기를 조화롭게 한다고 밤 사이에 남녀 탕을 서로 바꾸는 곳이 많다는 것을 그때 처음 알았다. 그렇게 일본을 조금씩 알아갔다. 당황스러웠던 나의 일본 온천 경험은 지금 생각해도 미소가 번진다.

살아가면서 지치고 힘이 들 때 잠시 멈춤과 쉼, 충전이 필요하다. 그 잠깐의 휴식 속에 생각하지도 못한 감사함이 쌓여 재충전될 것이다.

집중만 하면 전화번호부 책도 재미가 있어요.

지금 삶에 재미가 없는 것은

내가 지금 내 삶에 집중하지 않았기 때문입니다.

- 혜민 스님 -

07

외국에 사는 친구 활용하기

'홍콩 보내줄까?'

'홍콩 간다'는 말을 많이 들어보았을 것이다. 그 의미는 '기분이 최고로 좋다'는 것이다. 우리나라가 못살던 시절, 해외여행은 미처 꿈꿔보지도 못했던 시절에 홍콩의 화려한 도시와 고층건물을 보고 선망의 대상으로 아주 기분이 좋을 때 홍콩 가는 기분이라는 의미에서 나왔다고 한다. 그 멋진 홍콩에 밤거리를 거닐며 느끼고 싶어 늘 머릿속에 그리던 홍콩 여행을 꿈꿨다.

예전에 일본에서 공부하던 시절 같은 반 친구 중에 홍콩인 친구가 있었다. 우리 반 친구들은 대다수가 중국인이었고 나머지는 한국인 1명, 홍콩인 1명, 대만인 1명, 인도네시아인 1명이 전부였다. 우리는 모두가 서툰 일본어로 소통할 수밖에 없었지만 모두 한 가족이나 다름없는 늘 화기애애한 분위기였다. 모두 너무 따뜻하고 정이 많은 친구들이었는지 모른다. 우리는 페이스북 친구가 되었고 졸업 후에도 서로의 사진을 공유하며 가끔은 '좋아요' 클릭으로 안부를 전했다. 사진 밑 댓글에는 서로가 "아이다이요!"라며 일본어로 보고 싶다는 말을 남겼고 "언제 홍콩에 놀러 갈게."라는 댓글도 항상 잊지 않았다.

페이스북 메신저로 홍콩 친구가 결혼했다는 소식을 들었다. 나는 축하도 해주고 여행도 할 겸 홍콩에 놀러 가고 싶다고 말했다. 그러더니 친구는 마침 일도 그만두고 집에만 틀어박혀 심심하다며 홍콩에 놀러 오라고 했다. 정말 재미있는 건 우리는 서로 어설픈 제2의 외국어 일본어로 소통을 하고 있었다는 것이다. 우리가 일본어라도 알고 있으니 소통이 가능한 게 참 다행이라 생각했다. 일본어라는 도구로 우린 친구가 되었으니 말이다.

"결혼 전에 혼자 살았던 작은 집이 있는데, 네가 괜찮다면 홍콩 오면 그 집에서 지내도 돼."

어찌나 고맙던지 순간 대학교 합격 발표 난 것보다 더 신이 났다. 친구가 외국에 살고 있을 때는 얼른 가서 무조건 얹혀서 여행을 가라는 말이 순간 떠올랐다. 이때다 싶어 바로 홍콩 비행기 티켓을 예매했다. 출발일은 이틀 후로 잡혔다. 나는 홍콩에서 한 달 동안 살다 오기로 했다. 이런 기회가 아니면 외국에서 한 달 살기는 쉽지 않다. 이럴 땐 조금 뻔뻔해져도 된다고 생각한다. 절호의 찬스다.

요즘 많이 체험한다는 새로운 개념의 여행방법인 여행자 커뮤니티 '카우치 서핑'인 셈이다. '카우치 서핑'이란, 카우치(couch, 소파)＋서핑(surfing, 찾다 혹은 서핑하다)의 합성어다. 간단히 말해서 소파를 찾아다니는, 즉 잠자리를 찾아다닌다는 뜻으로 현지인 중 나를 재워줄 사람을 카우치 서핑 홈페이지를 통해 찾을 수 있다는 것이다. 한 달 동안 홍콩에서 지낼 짐들을 28인치 트렁크에 고이 담아 홍콩으로 향했다.

오래전부터 아름다운 야경을 자랑하는 홍콩에서 한 번쯤은 잠시나마 살아보고 싶다는 생각을 했다. 부자들이 살고 있는 도시, 부자의 기운이 느껴지는 곳. 홍콩은 집값이 매우 비싸다. 홍콩에서 자동차를 소유한다는 것은 부자임을 입증하는 것이라고 한다. 살고 있는 아파트와 회사 주차장 비로 거의 약 100만 원 이상을 따로 지불해야 한다고 알고 있다. 괜찮은 아파트 20평대가 한국 돈으로 50억 원에 이르며 방 2칸짜리 아파트

월세는 1,000만 원에 이르는 곳도 수두룩하다고 한다. 이런 부자의 에너지를 받고 싶었다. 내 눈과 몸으로 직접 느끼고 싶은 홍콩은 내 버킷리스트의 몇 번째에 자리 잡고 있었다.

어느 순간 내가 그토록 꿈꿔왔던 홍콩에 살고 있었다. 간절히 원하면 이루어진다고 했다. 죽은 오빠가 보지 못했던 세상을 내가 대신해 하나둘씩 눈으로 담아갈 때 난 보람을 느끼고 기대 이상 행복을 느낀다. 홍콩말을 몰라도 영어가 능통하지 않아도 내가 살기로 마음먹은 자체만으로 모든 게 문제없이 잘 돌아가게 되어 있다. 새로운 환경과 문화에 적응하며 여행하는 것은 어찌 보면 나에게 주는 과제인 듯했다.

홍콩 친구가 있었기에 정말 든든했다. 제일 먼저 옥토퍼스 카드 충전부터 했다. 친구 신랑이 출근을 하면 우리는 아침마다 산책을 했다. 홍콩 침사초이 바닷가를 따라 해안 산책로에 있는 '할리우드 스타의 거리'를 무작정 걸었다. 밤 야경이 보고 싶을 때도 종종 이곳에 왔다. 홍콩 야경은 정말 끝내준다. 잠시 앉아서 쉬다가 야경 한 번 감상하다가 사진도 찍었다가 혼자 이런저런 생각을 하며 사색에 잠기기 좋은 곳이다.

가끔씩은 우리에겐 일탈이 필요했다. 예쁜 소호 거리로 나가 셀카봉으로 사진 찍기를 남발했고 친구 신랑에게 허락을 받고 란콰이퐁에서 밤

문화를 즐겼다. 전 세계 젊은 영혼들이 모이는 곳이라 할까. 특히 금요일 밤은 열기가 굉장히 뜨거웠다. 홍콩의 화려한 밤거리에서 술 한잔 얼큰하게 마시고 클럽에 가서 불타는 밤을 보내기도 했다. 클럽은 10대 때나 20대 때나 나이를 먹어도 늘 신난다. 노랫소리가 들리면 아무 데서나 춤추는 흑형들이 많은 산만한 거리에서 우리도 함께 흥에 젖어 춤을 추고 숨넘어갈 듯 웃어대며 분위기에 취했다. 그렇게 흥에 취해 텐션 업이 되었고 술이 술을 마시며 즐기던 우리는 다음 날 골병들어 해장조차 하지 못하고 이불 속에서 땅을 치고 후회했다.

홍콩에서 절대 빼먹을 수 없는 빅토리아피크도 잊을 수 없다. 홍콩에서 가장 높은 산인데 이곳에 오르면 홍콩 시내 풍경이 한눈에 들어온다. 낮에 보는 풍경도 멋지지만 야경이 펼쳐지는 밤에는 정말 입이 쩍 벌어진다. 정말 너무 아름답다. 내가 이 세상에 아직 살아 있음에 감사함을 느끼게 된다. 내가 좋아하는 2층 빅 버스를 타고 1~2층을 오가며 홍콩섬 전체를 가볍게 투어하면서 홍콩을 감상했다. 역시 에어컨 빵빵한 1층에 탑승하는 것을 추천한다.

눈으로 즐기고 감동이 터지기에 홍콩 야경 크루즈만큼 최고인 것은 없다. 배를 타고 홍콩야경을 조용히 감상했다. 100만 불짜리 세계 최고의 홍콩야경은 그야말로 그림 같은 한 장면이다. 내가 만약 홍콩을 와보지 못했다면 평생을 후회했을 것 같다. 이 멋지고 황홀한 홍콩야경을 함께 감상하는 이가 여자가 아닌 남자였으면 하는 바람이 들었다. 다음 기회에 반드시 내가 사랑하는 남자와 이 매혹적인 느낌에 빠져들겠노라 다짐했다. 그저 바라보는 자체만으로도 미친 듯이 흥분과 설레는 순간들의 연속이다. 덥고 습한 날씨였지만 시원한 바닷바람이 시원함을 더해준다. 반짝거리는 야경을 감상하며 시원한 맥주 한잔의 여유까지. 기억에서 평생 지울 수 없을 것 같다.

　현지인 친구 집 방문기는 살짝은 뻔뻔해져야 할 필요가 있다는 걸 느끼며 막연하게 즐기고 나니 눈 깜짝할 사이에 시간이 흘러갔다. 마지막 날 내가 한 달 동안 편히 잠들었던 이부자리를 깨끗이 빨아 널고 하버시티에서 몇 바퀴 돌고 돌다 준비한 작은 선물과 작은 편지를 식탁 위에 올려놓고 나왔다. 한 달 동안의 스토리를 글로 모두 다 담지 못해 아쉽지만 내 기억 속 어딘가 영원히 잊히지 않을 추억으로 남기게 되어 매우 기쁘다. 우리는 어디서 어떤 만남으로 도움을 받고 사랑을 나눌지는 예측할 수 없다. 내가 갔던 길 위에는 고마운 사람들이 많았고 그들로 인해 나는 값진 경험을 얻었다. 경험은 돈의 가치로 절대 환산할 수 없다는 것을 비로소 깨달았다. 세상은 감동의 연속이다.

여행이란 우리가 사는 장소를 바꿔주는 것이 아니라

우리의 생각과 편견을 바꾸어주는 것이다,

- 아나톨 프랑스 -

국제면허로 일본 투어

나는 아직 교통사고 트라우마가 남아있다. 그리고 후유증으로 가끔은 만성피로, 어깨통증, 손발 저림, 소화불량, 두통, 목 통증, 허리 통증이 종종 나타난다. 이런 경우는 모두 트라우마와 스트레스가 요인이 되어 찾아오는 것이라 한다. 그런 내가 트라우마를 극복하기 위해 다시 운전을 시도하는 것은 쉽지만은 않았다.

일본 여행을 하며 일본 운전문화를 습득해볼 겸 오랜만에 운전대를 잡아보기로 결심했다. 일본은 한국처럼 '빨리빨리'가 아니라 늘 여유롭고 차분하게 운전하는 안정감이 있기에 내가 다시 도전할 수 있지 않았을까 싶다.

일본 여행을 갈 때마다 늘 국제운전 면허를 신청해서 들고 갔다. 운전할 기회가 생길 것만 같았다. 그리고 외국에서 운전하는 것은 어떤 느낌일까 늘 궁금했다. 국제운전 면허증은 여권과 여권 사진, 운전면허증, 수수료만 내면 가까운 지방 경찰청에서 간단히 발급받을 수 있었다. 일본은 우리나라와 정반대로 차량 방향과 운전대도 반대로 되어 있어 상당히 헷갈리는 부분이 많았다. 우측으로 우회전이나 좌회전할 때는 직진 신호가 파란색일 때 가면 되는 것인데 가끔 우회전 표시나 좌회전 표시가 있는 신호등은 파란불에 가면 절대 안 되는 것이다. 우회전이나 좌회전 표시를 따라야 한다고 한다.

한국 운전대에 적응되어 있던 나는 좌우로 가기 위해 깜빡이를 설정하면 늘 눈앞에 보이는 와이퍼가 움직이고 있었다. 오른쪽 깜빡이 위치가 일본에서는 와이퍼를 설정하는 곳이라는 것이 늘 헷갈리기 일쑤였다. 모든 게 반대 방향이라는 것을 적응하기까지는 많은 연습이 필요했다. 둔한 감이 없지 않은 내가 신호와 차 내부 시스템 모두를 익히는 데까지는 쉽지는 않았다. 운전석이 우측에 위치해 있고 차량은 좌측통행이라는 것인데 사람의 습관과 적응력은 역시 단번에 익숙해질 수 없다는 것을 느꼈다.

중앙선은 운전자 기준에 반드시 우측에 있어야 하며 앞지르기 시에는 앞차의 오른쪽으로 진행해야 한다. 철길 건널목을 건널 때에는 건널목 앞에서 반드시 정차해서 안전 확인 후에 통과를 해야 한다. 그리고 정지선(토마레)이 보이면 3초 이상은 정지를 한 후 출발을 해야 하는 주의점이 있었다. 차량이나 사람이 보이든 안 보이든 무조건 정차해야 한다. 일시 정지에 대한 개념이 매우 엄격하기 때문에 무조건 정차, 확인 후 지나가야 한다는 것이었다.

위험한 상황이 종종 발생되었다. 차가 몇 대 지나다니지 않은 한적한 도로가에서 한국운전에 적응이 되었던 나는 당당히 오른쪽 도로를 향해 운전을 하고 있었다. 무의식중에 중앙선이 나의 왼쪽을 향해 있었고 갑자기 달려오는 차와 충돌할 뻔한 상황이 종종 있었다. 만약 한국이었다면 사고가 났을 법했던 순간이었다. 빠르게 달려오는 한국 운전 스타일에 비해 적정 시속을 지키며 상대에게 민폐 끼치지 않으려 하는 일본문화의 운전법은 매우 겸손했다. 그리고 교차로 어느 방향을 봐도 정지선을 지키는 모습은 매우 놀라웠다. 교통법을 늘 철저히 지키고 있는 일본은 진정 선진국 문화를 몸소 실천하고 있었다.

우리나라 우회전에 해당하는 좌회전은 우리나라와는 다르게 비보호가 아니라 전방 신호가 직진이나 좌회전 화살표가 표시되어 있지 않으면 우회전을 하면 절대 안 된다. 교차로 신호등이 빨간불일 경우 어느 방향으로도 진입할 수 없다. 반대로 파란불일 경우는 어느 방향으로도 진입할 수 있다는 것이다.

나고야에서 요코하마로 요코하마에서 다시 시즈오카를 지나 아이치켄, 미에켄(이세진구), 교토, 오사카, 고베로 가는 여정을 선택했다. 일반 국도보다는 역시 고속도로 운전이 월등히 간단하고 수월했다. 한국처럼 얌체 끼어들기 운전은 거의 볼 수 없는 일본의 자동차문화는 정말 선진 국답다는 느낌을 받았다. 교통법규를 잘 지키는 데다가 정차선까지 정확하게 지키는 일본 고속도로에서의 운전은 정말 생각보다 신이 났다. 추월차로인 1차선은 거의 뻥뻥 뚫려 있었고 고속도로를 달리는 제맛이 났다.

일본에서 운전을 하며 제일 놀랐던 건 클랙슨이 거의 울리지 않았다는 점이다. 내가 일본어 표지판을 보고도 방향을 잡을 수 없어 한참 늦은 출발로 서행했지만 뒤에 따라오는 차들은 여유롭게 기다려주었다. 한국 같으면 '뻥뻥'거리고도 난리가 났을 상황인데 묵묵히 기다려준 차들에게 너무 감사했다. 한국에서는 왜 그리 클랙슨이 울려야 할 일들이 많았을까 의문을 가지게 되었다. 일본에서 내비게이션으로 찾아가는 것이 쉽지 않았다. 매우 어려울뿐더러 엉뚱한 곳으로 안내할 가능성이 있으니 구글 지도를 적극 이용하는 게 좋다고 생각한다.

일본에서 운전을 하면서 큰 불편함은 없었다. 단지 톨게이트 통행료가 유독 너무 비싸다는 것이다. 그냥 톨비를 내다 보면 어이가 없어서 헛웃음만 나오는 상황이었다. 상상을 초월할 정도로 비싸기 때문에 사실 두 번 다시는 경험하고 싶지는 않다. 일본은 주차비와 교통비가 비싸다는 단점이 있고 불법주차는 무조건 절대적으로 하면 안 된다. 한국과는 차원이 다른 곳이었다. 엄한 교통법이 절대 용서해주지 않는다고 들었다.

일본은 한국보다 주정차 문제, 과속, 그 외 교통문제가 상대적으로 적다고 한다. 과속을 하거나 추월을 하는 차들이 매우 드물었고 일본 사람들의 시민의식도 굉장히 높아 보였다.

도로는 물론 골목길에 주차된 차는 찾아보기 어려웠다. 일본의 도로는 매우 깨끗했고 한적했던 기억만 남아 있다. 새로운 길에 대한 두려움을 안고 모험했던 일본은 참 편안했다. 낯선 곳, 낯선 것에서 익숙한 것을 찾으려 했고 모르는 길도 그냥 갔다. 일단은 달려가니 어딘가에는 내가 가고 싶었던 길이 있었다.

운전석, 도로, 깜빡이, 와이퍼 모든 게 반대인 일본에서 운전하며 투어하기란 쉽지만은 않았지만 운전을 통해 여유와 양보 그리고 배려가 있었던 일본이라는 땅 곳곳에서 배울 수 있는 정서를 느꼈다. 내 마음에도 여유가 생겼고 양보가 생겼다. 겁이 나고 두려웠지만 침착할 수 있었고 더 나아갈 수 있었다. 사람은 환경의 지배를 받는다. 내 주변이 어떤 것들로 채워져 있는지에 따라 인생의 방향과 진로는 달라진다고 한다. 일본이라는 문화는 나에게 조용히 여유라는 길로 인도해준 좋은 친구가 된 것 같다.

빠르게 달리는 고속도로 아스팔트를 달리다가도 가끔은, 천천히 여유를 갖고 갓길에 핀 작고 예쁜 꽃들도 감상하며 사는 법도 필요하다. 여행은 목적지를 정하는 일, 숙소를 정하는 일, 목적지와 숙소에서 어떻게 주변 관광을 다닐지, 어떻게 내가 원하는 목적지에 어떻게 갈지는 그리 간단하지만은 않았다. 여행의 시작은 두려움과 설렘으로 시작된다. 우리의 인생도 마찬가지인 것 같다. 앞날에 대한 두려움이 있지만 한편으로는 작은 기대의 설렘으로 하루하루를 살아간다. 두려움과 함께 찾아오는 설레는 기대감. 새로운 세상의 모습을 눈에 담으며 처음으로 겪어본 경험 속에서 무한한 즐거움과 보람을 느꼈다. 내가 달리는 이곳은 어떻게 목적지까지 갔을까 생각해보면 아무 생각 없이 무작정 달렸던 것 같다. 목적지까지 찾아가기까지 많은 난관이 있었고 어려움을 극복하고 이겨낼 수 있도록 나 자신도 더 단단해지고 있었다.

나 자신이라는 산봉우리와 나 자신이라는 풍경과

나 자신이라는 넓이에 대해

조금은 알고 내려왔으면 싶은 것이다.

– 이병률 –

5 장

진짜 삶을
살고 싶다면
여행을 떠나라

01

나의 경쟁력은 실행이다

호기심 충만한 나는 깊게 생각하고 결정한 일이 거의 드문 편이었다. 나의 버킷리스트, 꿈의 목록의 목표를 달성하기 위해 단번에 결정한 일. 그것은 책 쓰기였다. 평소에 독서를 그다지 열심히 하고 있지도 않았고 글 쓰는 재주가 있는 것도 아니다. 단지 나의 버킷리스트에 있었기에 이뤄내고 싶었던 욕망 하나로 시작한 것 같다.

평소 김새해 작가의 유튜브는 가장 애청하는 채널이었다. 몇 년 전부터 매일 하루도 빼먹지 않고 듣고 있던 채널로 김새해 작가는 나의 멘토 역할을 든든히 해주는 고마운 작가님이자 멘토였다. 멘토님의 뒤를 이어

내 자신을 업그레이드 할 무언가 필요했다. 오랫동안 그려왔던 버킷리스트의 하나인 책쓰는 법을 배워야겠다고 결정했다. 책쓰기 업계에 최고라 알려진 김도사님을 검색하게 되었고 바로 카페가입을 한 후 일요일 12시 반부터 시작되는 일일특강에 참석하게 되었다. 처음으로 글을 써보는 나 같은 초보에게 책 쓰기는 혼자 독학으로는 하기가 상당히 무리임을 알기에 이왕 쓰는 글을 확실한 업계 최고 전문가에게 배워서 쓰면 너무 좋을 것 같다고 생각했다.

일일특강 1교시가 끝나고 드디어 김도사 님과 상담할 기회가 있었다. 수강료가 생각보다 부담되는 금액이었다. 정말 '헉!' 소리가 절로 나왔다. 내가 그 돈을 흔쾌히 지불할 수 있을 정도로 여유가 있었던 상황도 아니다. 내 머릿속 반대편에서는 '하지 마. 너무 비싸!'라는 생각이 요동을 치고 있었다. 나는 자기계발을 하는 데 투자하는 것을 절대 아까워하지 말자는 주의였다. 지금껏 자기계발을 하는 데 돈을 절대 아끼지 않았었다. 절대 아깝지 않았고 내가 계속해서 성장할 수만 있다면 빚을 내더라도 끊임없이 배우고 싶었다. 어린 시절 못다 한 배움에 대한 아쉬움일지 모르겠지만 더 늦기 전에 나의 부족한 부분을 채워줄 수 있는 무언가를 계속 갈망하고 있었다.

나는 책을 쓰기로 결정했다. 나에겐 책 쓰기는 인생의 버킷리스트다.

무슨 수를 써서라도 나는 내 꿈의 목록을 한두 개씩 이룰 것이다. 이루고자 하는 욕망 하나로 나는 바로 실행한다. 김도사 님의 간단명료하고도 깔끔한 상담이 기억난다. "나만 믿고 따라오세요!" 당당하고 책임감 넘치며 믿음직한 김도사님의 강력한 에너지로 나는 묵묵히 믿고 따라가고 있었다. 곁에 영향력 있고 든든한 스승이 존재하는 것이 나에게 큰 버팀목이었다.

매번 미친 실행력 하나로 실패와 좌절도 참 많았다. 생각보다 행동이 빨라서 결국 내 길이 아님을 뒤늦게 깨닫고 포기하기 일쑤였고 불필요한 지출과 섣부른 판단으로 사업자등록증을 갈기갈기 찢으며 펑펑 운 적도 많았다. 나는 왜 계속 실패만 하는 걸까. 모든 시작을 두려워하며 스스로 자책하고 부족하기만 한 나를 미워했다. 부족한 스펙 탓에 오로지 스펙 쌓기에 욕심이 과했고 닥치는 대로 배우고 자기계발에 전념하기 바쁘던 시절도 있었다. 수없이 내가 가는 길을 잃었고 많은 방황 속에 힘들었지만 훗날 그 방황마저 소중한 자산과 추억으로 남을 것이라 생각한다. 실패하더라도 실패 속에 또 다른 보물을 캘 수 있는 기회는 분명 많기 때문이다.

거의 즉흥적으로 떠나는 여행도 많았다. 갑자기 해가 지는 노을을 바라보며 너무 아름다워 보이고 기분이 들뜨거나 설레여서 떠나는 여행도 많았다. 반대로 무언가 우울하고 답답한 기분에 마음이 복잡할 때 그저 발길이 닿는 어디론가 떠나보고 싶을 때가 있다. 그럴 때 바다를 보며 내 심신을 달래려 떠나는 여행도 참 매력 있었다. 이것저것 준비하며 계획 후에 떠나는 여행보다는 지금 기분에 따라 가끔은 목적지 없이 막연히 이끌리는 대로 떠나보는 여행도 참 좋았던 것 같다. 뜻밖의 여행에서 오는 특별함이 나는 더 가슴에 와 닿았고 신비로웠다.

　그냥 훌쩍 떠나는 즉흥 여행 경험이 누구나 있을 것이다. 특히 국내 여행의 경우는 간단히 언제라도 마음만 먹으면 가능하다. 갑자기 부산 바다를 바라보며 신선한 회 한 접시에 소주 한잔이 생각날 때 KTX나 SRT를 타고 부산역으로 향한다. 그냥 마음이 가는 대로 움직이면 간단하다. 그 뒤에 일이 쓸데없이 생각하고 고민하다가는 영영 어딘가 출발도 못할 것이다. 즉흥 여행의 패턴은 주로 당일치기가 가장 많았고 보통 2박 3일을 즐기고 오는 게 아쉬움이 크게 남지 않았던 것 같다.

　나는 무언가 너무 계획적이고 정해진 틀에 맞춘 여행은 조금 부담스럽다. 피로감이 적은 간편한 여행을 선호하는 편이므로 여행 준비도 최대한 간소하고 가볍게 해 자유로운 여행을 즐기는 편이 더 좋았던 것 같다. 즉흥적인 여행은 의외의 이벤트가 기다리고 있다. 계획을 하지 않고 떠난 여행은 도발적인 방향 선택을 할 가능성이 있지만 그런 상황이 주는 긴장감과 현실을 인지하는 능력, 해결책을 모색하는 연습이 가능했다. 색다른 행복과 즐거움을 느끼는 특별한 여행이 되어 예기치 못한 상황을 선물한다.

"이번 주 주말 우리 마카오 갈래?"

"오, 좋죠! 언니, 몇 박 며칠 가려고요?"

"2박 3일 생각하고 있어. 우리 간만에 호캉스 즐기고 오자. 아줌마 되기 전에 즐길 수 있을 때 맘껏 즐겨야 해~!"

"네, 결혼 전에 아쉽지 않게 싱글을 즐깁시다. 하하!"

이렇게 여행은 간단하게 나를 움직이게 했다. 가까운 일본이나 홍콩 마카오 대만의 경우는 즉흥적인 여행이 가능하다. 매번 생각은 잠시 뒤로 미루고 대책 없이 용감하게 움직였더니 어느덧 이곳저곳에 다녀온 추억들이 내 기억 속에 박혀 있다. '아는 게 없으면 두려움이 없고 계획이 없으면 한계가 없다.'라는 말이 있다. 낯선 길에 대한 두려움을 버리고 새로운 세상에 대한 기대감으로 천진난만하게 움직이다 보면 어느새 특별한 세상에 서 있는 묘한 기분을 느낄 수 있을 것이다.

하나하나 실행했더니 어느새 세계 각지 5성급 호텔 투어를 하며 20개국에 도장을 찍었다. '고작' 20개국이라고 말하는 '대단한' 여행자들 앞에 감히 말하지만 나에게 여행은 정말 '어쩌다가 움직인 실행'으로 만들어진 결과라는 사실에 매우 흐뭇하고 뿌듯한 경험이었다. 이런 과정이 있었기에 지금의 내가 있고 새로운 눈을 갖게 되어 너무 감사할 뿐이다.

자신이 해보지 못한 것에는 반드시 미련이 남는 법이다. 언젠가 내가 늙고 열정이 식었을 때는 청춘의 체온이 매우 그리울 것이다. 내가 뜨겁게 움직일 수 있는 지금 당장 원하는 것을 하고 원하는 곳으로 행동으로 옮겨보자. 훗날 내가 움직였던 행동 하나하나가 눈부실 추억이 되어 행복을 만끽하게 될 것이다.

여러분도 성공과 관련된 책이나 세미나를 많이 접하지 않는가. 그 사람들의 공통점은 빠른 실행력과 추진력이다.

스펙을 쌓기 위해 어쩔 수 없이 스펙을 쌓는 것이 아니라

하나하나 배우는 과정이 즐거워서

배우고 싶은 것을 배우다 보니

스펙이 하나둘씩 쌓이도록 하세요.

- 혜민 스님 -

02

생각은 부메랑처럼 돌아온다

'너무 어려워.'
'모르겠어!'

나는 늘 이렇게 말하는 버릇이 있었다. 뭐든지 모르고 어렵다는 말로
시작되었고 그 변명으로 결과는 어렵게 마무리할 수밖에 없었던 것 같
다. 모든 일의 결과는 좋지 않았다.

"네가 뭘 하겠냐?"
"무식한 년!"

"네가 하는 게 늘 그렇지, 병신 같은 년!"

어릴 때부터 늘 듣고 자란 말이다. 정말 저 말은 지긋지긋하게 들어서 지우고 싶어도 지울 수 없는 한 소절이다. 자신감이 없는 나는 무엇이든 지 부족한 아이라고 생각하며 자랐다. 주위 의식을 많이 했고 남들은 지나가는 이야기로 한 말에도 온 영혼이 흔들려 울거나 웃거나 분노했다. 주변에서 불어오는 작은 바람에도 줏대 없이 온몸이 흔들거렸다. 자신감 있는 사람은 누가 뭐라고 하든지 줏대 있게 당당히 살아간다. 장난스럽게 던진 화살 같은 말도 귀담아듣지 않고 가볍게 웃어넘긴다.

나는 애석하게도 무색무취한 아이였다. 눈물겨운 새엄마의 학대 속에서 당당히 맞서 말할 수 없었다. '착한 아이 콤플렉스'에 젖어 오직 그렇게 살아야만 내가 이 세상을 살 수 있을 거라 생각했다. 반박하면 고아가 될 수도 있겠다는 불안감이 컸기에 참고 사는 게 유일한 방법이라고 생각했다. 학창시절 나는 그렇게 물 흐르듯 살아가며 귀와 입은 닫았다. 딱히 좋아하는 게 없는 아이, 희망과 신념은 더더욱 없이 그냥 버티는 아이이기만 했다.

내 학창시절은 너무나 불행했다. 아니 생각조차 하고 싶지 않다. 조금이라도 튀는 행동을 하거나 나대면 가차 없이 두들겨 맞으며 밟아버리는 새엄마 모습은 두 번 다시 보고 싶지 않다. 새엄마는 이 세상에 존재하는 그 어떤 귀신 괴물보다도 두렵고 무서운 존재였다. 그래서 감히 용감하게 의견을 피력하거나 반박하고 반항할 수 없었다. 힘이 없는 10대를 어떻게든 버텨서 단단한 어른이 되는 것이 내 유일한 탈출구였다.

20살 이후 어른이 된 후부터 억울함과 반항심을 스스로 찾기 위해 단단해지기로 굳게 마음먹었다. 내가 내린 판단도 자신감이 없었고 타인의 시선이 모두 옳고 그 시선을 따라야 한다는 가정교육의 부작용이 내 온몸에 퍼져가고 있었다. 내가 자란 가정에서 나라는 인격체가 작아지고 있다는 위협을 받고 있었다. '자신감이 없는 사람은 늙어가면서 기억력이 감퇴하기 쉽다'는 캐나다 맥길 대학의 소니아 루피엥 박사의 연구 결과가 있다. 내가 여기에 해당한다고 생각한다. 나는 단단해져야 할 필요성을 느꼈다.

무엇보다 확고한 취향과 주관을 갖는 것이 필요하다고 생각했다. 내가 좋아하는 것을 스스로 찾아내고 여러 번 부딪히고 시도하고 실패해보고 많은 도전을 향한 모험을 떠나야겠다고 다짐하며 일단은 하고 보는 경험주의자가 되기로 했다. 직업에는 귀천이 없으며 많은 경험은 반드시 뼈가 되고 살이 되며 지혜가 생긴다. 말 한마디가 매우 조심스러웠고 말 한마디에 담긴 우주의 법칙을 믿었다. 말이 씨가 된다는 속담이 있듯 무심코 뱉은 말이 실제로 이루어질 수 있다. 말부터 '나는 자신 없어.' 대신 '나는 자신 있다. 무엇이든 다 할 수 있다. 난 잘 살 거야!'라고 늘 외쳤다. 한편으론 아이들 장난처럼 유치해 보일 수 있겠지만 난 이 작은 행동 하나하나에 애정을 품었다.

임재범의 〈이 또한 지나가리라〉라는 노래 속 가사가 떠오른다. "끝없는 폭풍 속을 이 거친 파도 속을 뛰어들 자신이 있어 눈물도 초라함도 이 또한 지나가리라." 혼자 이 노래를 부르며 참 많이 울었다. 비록 지금은 보잘것없고 초라하지만 언젠가 이 작은 조각들이 쌓여 멋진 스토리가 될 것 같았다. 자기 전에는 늘 기도 드리며 하루하루를 감사함으로 채우기 시작했다.

'말이 입안에 있을 때는 네가 말을 지배하지만 말이 입 밖으로 나오면 말이 너를 지배한다.'라는 유대인 격언이 있다. 좋은 생각을 하고 좋은 말 희망찬 말을 뱉어서 말이 나를 지배해주길 바랐다. 온몸에 진동과 파동을 만들어내는 물리작용이 내 귀를 통해 다시 뇌로 전달된다. 나의 집에는 바보상자가 없다. 바보상자라고 불리는 TV를 나는 보지 않는다. 성장에 필요한 유튜브와 내 평생 친구인 책이 나와 함께한다.

늘 어려움 앞에 희망과 감사의 씨앗을 뿌렸고, 나 스스로를 믿고 사랑해주기로 했다. 나를 사랑해주는 방법은 더 넓고 아름다운 세상을 바라보게 해주는 것이었다. 삭막하고 고된 일상만이 아닌 예쁘고 아름다운 것, 좋은 것들로 나를 채울 때 더 많은 감사와 행복을 느끼게 된다는 것을 깨달았다. 생각보다 어렵지 않았다. 나는 어렵고 복잡한 것으로만 가득 찬 세상인 줄 알았다. 누군가 나에게 시비를 걸어올 때 똑같은 욕설 대신 묵묵히 입을 닫고 인내했다. 그런 욕을 들을 때면 속으로 '똥이 더러워서 피하지.'라고 가볍게 생각하는 법도 배워가며 부정적인 에너지에서 멀어지는 연습을 했다. 좋은 사람들을 만나 좋은 에너지를 공유하기도 바쁜 세상이다. 굳이 부정적인 사람들을 만나 내 안에 나쁜 에너지를 담고 싶지 않았다. 그러다 보니 하나둘씩 인간관계가 정리되었고 반면, 외로움이라는 부작용만 조용히 남게 되었다. 부모님에게도 미련두지 않기로 했다. 혼자 사는 삶도 충분히 의미 있고 아름다웠다.

인간관계에도 가지치기가 필요함을 깨달았다. 내 사람인지, 내 사람이 아닌지 완벽하게 구분할 수 있는 시간은 무조건 필요하다. 나를 성장시켜주고 나의 에너지를 키워주는 좋은 사람들만 남겨졌다. 잦은 만남이 없이도, 내가 굳이 다가가지 않아도 언제 어디서든 나를 응원하고 위로와 함께 안아줄 수 있는 좋은 사람들만 곁에 남았다. 굳이 서로 노력하지 않아도 함께 있으면 편안한 사람들, 결국 묵묵히 곁에 남게 되는 사람들이 진정한 내 사람들이다.

나를 아는 사람들이 나를 떠올릴 때면 항상 기분이 좋아지고 나에게 많은 것을 배워갔으면 좋겠다. 가끔은 힘이 들 때 나의 어깨에 기대어 힐링을 하고 쉼을 얻어가는 사람들이 많기를 바란다. 나는 이와 같이 내가 사랑하고 나를 사랑해주는 사람들에게 마음이 따뜻하고 편안한 사람이면 좋겠다는 생각을 한다. 내가 아닌 다른 사람들을 바꾸는 것은 매우 어렵고 힘든 일이다. 사람은 환경의 동물이기에 주어진 환경에 적응할 수밖에 없다. 내 주변이 아닌 나를 바꾸면 모든 것이 바뀐다. 우주의 진리란 지극히 어렵거나 힘든 것이 아니다. 모든 것이 나로 시작되며 나로 인해 결론 짓게 된다는 것이다. 결국 모든 원인은 나로부터 시작되었다고 생각하니 마음이 편안해졌다.

나의 말과 행동이 나에게 돌아온다는 이치를 알게 되면 자신이 원하는 삶을 살 수 있다. 지금껏 우리가 인생을 살아오면서 머릿속으로 한 생각과 입으로 내뱉은 말들을 되뇌어보자. 지금 나의 주변의 상황들은 과거 나의 생각과 말들로 빚어진 결과이다. 이 말을 기억해야 한다. 지금 하고 있는 생각과 말들이 나의 미래를 결정짓는다는 것을 기억하자. 머릿속의 생각과 내뱉은 말들은 내가 던진 부메랑이 되어 미래의 나에게 다시 돌아올 것이다.

03

나는 업그레이드 ing

"부모님께 사랑받고 자란 티가 나네요~!"

"네?"

"참 밝고 싹싹한 모습이 귀여움 많이 받고 자랐을 것 같아요~."

"아, 그래요? 하하."

가끔 나를 바라보는 관점은 이러했다. 잘 웃고 밝아서 안전하게 순탄
한 길을 걸으며 평범한 아이들처럼 잘 자랐다고 생각해주니 나는 너무
감사했다. 듬뿍 사랑받고 안정적으로 살고 싶었던 나는 그런 말에 애써
웃음 짓는 것이 슬프다. 요즘엔 애써 웃지 않기로 했다. 받아들이기 힘

들지만 어릴 적 늘 마음속에 우울감, 열등감, 비교의식이 자리 잡고 있었던, 피해의식이 강한 아이였다.

평범한 가정에서 자라 평탄한 아스팔트 도로를 달리며 안정적으로 빠르게 가는 대신 나는 조금 멀지만 구부러진 지방 시골길을 타고 천천히 달렸다. 대신 중간에 공기 좋은 시골집에 들려 민박도 해보고 민박 할머니가 주는 따뜻한 밥에 감사함과 행복을 느끼기도 한다. 또다시 달리다가 길가에 핀 꽃도 보고 감동도 하며 가슴으로 느끼며 조금씩 달려왔다. 이 세상은 삭막하지만 참 아름답다고 말할 수 있는 여유도 부리며.

흔히 가정교육이 중요하다고 말한다. 물론 맞는 말이다. 가정교육을 잘 받은 아이는 올바른 인정을 가지고 자라게 될 확률이 높다. 반대로 가정교육을 제대로 받지 못하고 자란 아이는 바르지 못한 인성을 가질 확률이 높다. 하지만 그 말이 절대적으로 맞는 것은 아니다. 나는 그것을 경험했기에 당당히 말할 수 있다. 힘들고 어려운 가정 속에서 제대로 된 가정교육은 꿈도 꾸지 못했다. 욕을 안 먹고 매를 맞지 않는 날이 천국이었기 때문이다.

인간은 환경의 동물이다. 환경에 많은 영향을 받으며 적응하여 살 수밖에 없는 존재이다. 주어진 환경을 바꿀 수는 없지만, 환경을 대하는 자신의 태도는 바꿀 수 있다. 즉, 스스로의 생각을 바꾸면 똑같은 환경이라도 달리 보인다. 부정적인 것을 멀리하고 긍정적인 것들을 가까이하면 된다. 그러면 나의 생각과 말이 달라지고 올바른 인성이 형성된다.

사람이 흔들리는 이유는 본인 스스로 제대로 성찰하지 않았기 때문이라고 감히 말하고 싶다. 자기 자신에 대해 스스로 부딪쳐서 생각하고 비우는 시간을 갖지 않게 되면서 실패라고 자각한다. 실패를 하든, 성공을 하든 배우고 익혀서 성장을 하면 되는 것이었다. 언젠가 그 실패를 극복한 긍정적인 경험으로 자신의 내면을 채울 수 있다. 무언가 부족하다 싶으면 보완하고 수정해서 채워나가면 된다. 오히려 성장이 멈추는 것을 무조건 두려워해야 한다.

자신이 인생에 바닥에 서 있다고 생각할 때 인생의 바닥에서 바닥을 치고 올라갈 수 있는 힘을 가지게 된다. 언젠가 나비처럼 훨훨 자유롭게 날아다니는 꿈을 꾼다. 나비가 될 거라는 믿음으로 애벌레 시기의 과정을 즐기고 있는 중이다. 고통스러운 고치로 살아야 하는 시기가 이어진 적이 많지만 그 위기를 두려워하지 않을 것이다. 위기를 잘 넘기고 나는 법을 터득하며 몸부림을 쳐서라도 단단한 나비의 날개를 달 수 있는 날을 상상한다. 많은 사람들은 기존의 환경을 버리고 변화하는 것을 두려워하기 때문에 애벌레로 그냥 남는다. 고통과 시련이 있어야 성장과 성숙에 이를 수 있다.

대나무의 마디도 마찬가지다. 성장을 멈춘 결과로 만들어진 대나무의 마디는 성장을 멈추고 기다리면서 힘을 모은다고 한다. 그때 생겨진 울퉁불퉁한 마디는 보기가 좋지 않지만 대나무가 휘지 않고 단단히 곧게 성장하도록 하기 때문이라 한다. 인생을 살면서 많은 고난과 어려움은 누구에게나 찾아온다. 그 시련과 고통을 견디려면 참고 인내하며 현실에서 잠시 멈출 필요가 있다. 이때 새롭게 시작될 단단한 마디가 생겨나게 된다. 성장과 멈춤의 반복이 우리 삶의 과정이며 더 강해지는 나로 완성될 것이다.

나의 부모는 이혼했고 내 나이 8살 따뜻한 엄마 품속이 아닌 새로운 환경에서 나를 미워하고 학대하는 새엄마와 하루하루 죽지 못해 살았고 그 시기는 지옥 같은 순간들의 연속이었다. 어린아이가 받아들이기에는 너무 무겁고 어두운 세상이었다. 내가 살고 있는 곳은 집이 아닌 감옥 같았고 뒤에서 나를 조종하는 악마가 있는 것 같았다. 이 세상에 내 편은 아무도 없었다. 아빠는 나의 아빠 같지 않았고 딸에게는 애정과 관심이 없어 보였다.

나는 어느 순간부터 눈과 입과 귀를 닫았다. 새엄마는 기분이 나쁘면 나쁜 대로 손찌검을 했다. 싸대기로 작고 여린 뺨을 때렸다. 아프면 아프다고 말할 수 없었고 오만 욕설을 퍼부을 때면 귀를 닫아야 했다. 부모가 싸우면 눈을 감고 애써 보지 않은 척했다. 부모의 사랑 따윈 바라지도 않았다. 집에 살게 해주는 것만으로도 다행이라고 생각했다. 이 세상에 살아 있고 존재하는 자체만으로 감사히 생각해야 했다.

어찌 됐든 나는 버텨야 했다. 매일 밤 잠자기 전에는 조용히 두 손 모아 눈물겨운 기도를 했다. 매일 아침엔 새벽 내내 흘린 눈물과 눈곱이 바짝 말라 눈 뜨기 버거운 적도 많았다.

'하나님, 부처님, 우주님, 내일은 꼭 행복하게 해주세요! 꼭이요! "

하루하루 온갖 학대와 미움을 받다 보니 내 눈과 귀와 입은 단단해졌다. 맞는 것도 도가 터서 적응이 되었고 때려도 절대 피하지 않았고 꿋꿋하게 맞고 있었다. 부작용이라면 키가 많이 크지 못했다는 것이다. 한참 많이 먹고 수분 섭취도 해주고 맘 편히 지낼 수 있는 시간이 필요했을 텐데 난 그 모든 것이 부족했다. 늘 하루하루 불안했고 긴장의 연속이었다. 아직은 미스터리이긴 하지만 아마도 새엄마에게 제대로 크게 한 방 맞고 난 후부터 성장이 멈춘 것 같았다.

나의 어린 시절 여린 가슴이 버려지고 찢겼지만 살기 위해 몸부림쳤다. 언젠가 자유롭게 날 수 있는 그날이 올 거라 꿋꿋이 참고 버텼다. 이 트라우마는 어른이 되어서도 쉽게 벗어날 수 없었다. 좀 더 나은 나를 위해 끊임없이 배워나갔다. 의식 공부를 시작했다. 나를 감싸고 있던 에고 드를 마주하는 시간들을 갖게 되었다. 매일 명상을 하고 수련하는 습관을 가졌다. 스트레스가 있다고 믿으니까 스트레스를 받는 것이고 받아들이니까 고통스러운 것이었다. 불편하다고 느끼는 것도 내가 저항하는 것이었고 지나간 과거를 생각하기 때문에 계속 힘든 것이었다. 지나간 것은 존재하지 않는다고 믿기 위해 많은 연습이 필요했고 끊임없이 되새겼다.

좋은 기억으로 더 좋은 기억을 만들면 간단했다. 나의 어린 시절에 예쁜 모습, 예쁜 말, 예쁜 추억이 딱히 기억나지 않는다. 너무 안타까운 현실이다. 내 에너지는 결국 내가 만드는 것이라는 것을 깨닫게 되었다. 그때부터 좋은 기억을 만들기 위해 움직였다. 다시 여행을 시작했다. 낯선 사람이 되었다가 다시 나를 찾는 탄력게임 같은 걸까. 더 많은 세상, 더 아름다운 세상에서 내 몸과 마음, 머릿속에 좋은 기억을 담기로 했다. 여행은 참 매력적이다. 여행을 떠나 거기서 고생도 해보고 혼자 있는 시간을 가지며 고독의 아름다움을 만끽하기도 한다. 홀로 사색하며 그 흔한 잔잔한 파도 소리에 울기도 한다. 그 소소함이 힐링이었다.

여행을 통해 새로운 것을 볼 수 있는 기회와 즐거움과 설렘 뒤에 또 다른 나를 찾는 과제이기도 했다. 자기계발의 마지막 단계라고 생각하는 지금은 책을 써가며 끊임없이 성장하고 있다. 채우고 비우는 과정의 연속에 가치와 결과는 달라지며 성장은 조용히 올라간다. 매일 꾸준한 노력 속에 우리는 성장한다. 해피엔딩을 꿈꾸며 계속 무언가 찾고 움직이고 여행할 것이다. 나는 계속해서 꿈의 고속도로를 달리고 싶다. 독일의 아우토반도 좋고 어디든 좋다. 나의 업그레이드는 항상 진행 중이다.

영혼은 성장하고 발전하기 위해

몸을 빌려 현생에 태어납니다.

현생에서 최대한 자신을 표현하세요.

– 윤회전생 –

04

소원이 이루어졌어요

'사람은 고쳐서 쓰는 거 아니다!'

사람은 잘 안 변한다. 그래서 천성이라는 말도 있나 보다. 나는 그렇게 생각하지 않는다. 우리는 조금이라도 발전하고 변화하기 위해서 독서를 통해 교양과 지식을 쌓고 여행을 가서 인생에 필요한 많은 체험을 한다. 사회생활을 하며 환경에 따라 사람은 충분히 변화할 수 있다고 생각한다. 난 내가 살면서 변화된 자신을 발견했기에 절대 근거 없는 소리는 아니라 믿고 싶다. 천성이라고 생각하는 사람들은 그냥 사는 대로 되는 대로 살아가겠지만 변화를 위해 꾸준히 변화를 꿈꾸며 믿음을 가지고 도전하려 하는 사람들은 반드시 성장한다.

나의 관심 분야는 딱히 없었고 산만하고 지구력이 매우 약한 아이였다. 학창시절에는 1분이라도 집중해서 공부해본 적이 단 한 번도 없다. 책가방에는 늘 책이 없었고 책의 한 문장 이상을 읽으면 잠이 왔다. 책은 수면제 역할을 담당했다. 혼자 있는 시간에는 괴로움과 외로움을 느꼈고 방에서 혼자 버티는 하루가 고비였다. 지금은 언제 그런 시절이 있었나 의심이 갈 정도이다. 상상이 안 간다. 시험지만 보면 울렁거려 수능시험조차도 대충 찍고 잤던 내가 지금은 12시간 컴퓨터 앞에 앉아 글을 쓰고 책을 읽는다. 그런 나 자신이 너무도 놀라울 따름이다.

어느 순간 혼자 있는 것이 결코 부담되지 않는 순간이 왔다. 성장을 위한 연습을 조금씩 해나갔다. 교양 있는 여자가 되기 위해 책을 읽기 시작했고 어느덧 내 방 벽 한 면에 책이 가득한 책장이 자리 잡게 되었다. 책을 읽으며 정신없이 쏘아댔던 말이 차분해지고 정리가 되었고 언어가 풍성해지면서 생각도 커졌고 이해심이 넓어졌다. 시야가 넓어지고 유명한 명언이나 글이 반복해서 나올 때마다 그 내용이 머릿속에 저절로 박혀 지식이 생겼고 공감 능력이 생겼다.

20대 중반까지만 해도 나의 공감 능력은 제로였다. 친구들과 술을 먹다가도 상대 테이블과 이유 없는 시비가 붙거나 문제가 생기는 경우가 종종 발생되었는데 영문도 모른 채 풀어갈 생각조차 없이 욕설부터 쏴대고 소리 지르는 여자 노홍철이 등장하기도 했다. 눈앞에 보이는 술잔이나 던질 것이 보이면 습관처럼 날려버렸다. 말끝마다 나오는 거친 욕설을 전혀 부끄러워하지 않았고 잦은 흥분으로 마인드 컨트롤이 전혀 안 되는 분노 조절 장애 상태를 보였다.

몇 년간 내면 아이를 치유해가며 사랑을 주었더니 더 이상 욕을 하는 모습은 절대 찾아볼 수 없었다. 쓸데없는 말은 뱉지 않게 되었고 말수는 반 이상 대폭 줄어들었다. 말도 몰라보게 느려졌고 마음의 여유가 생겼다. 정말 많은 변화들을 느낄 수 있었다. 정말 믿을 수 없이 몰라보게 성장한 나 자신에게 더 많은 사랑을 주고 싶다. 여행과 수많은 책을 통해 이렇게 성장할 수 있으리라고는 솔직히 크게 기대하지 않았다. 인간이 밑바닥에서 변화할 수 있다는 믿음 하나로 가능했다.

잠시도 집중해서 공부할 수 없었던 나는 완벽하진 않지만 나름 최선으로 노력하여 일본어 소통을 할 수 있게 되었다. 학창시절 공부하지 않았던 것을 땅을 치고 후회했다. 남들은 다 알고 있는 기본적인 상식조차 모르고 산다는 게 너무 부끄러웠고 바보 같았다. 이 세상은 역시 아는 만큼 보이는 법이다. 나는 우물 안의 개구리처럼 아무것도 보지 않고 뭣도 모르고 설쳐댔던 어린 시절이 가슴 아프고 안타깝기만 했다.

 더 많이 배우고 모험을 즐기며 경험했더니 더 시야가 넓혀졌고 마음 근육이 튼튼해졌다. 인생은 얼마나 강하게 맞으면서 나아가는지를 알았다. 26살 이후부터 나는 나를 고쳐 쓰기로 했다. 내 인생을 수리해서라도 반드시 변화가 필요하다고 생각했다. 20대에 버킷리스트를 적어 나가기 시작했다. 내가 되고 싶은 것, 내가 가고 싶은 곳, 내가 갖고 싶은 것 등을 차분하게 적어나갔다.

 1. 어학 능력 키우기(일본어 회화)

 2. 워킹홀리데이 가기

 3. 가족과 해외여행 가기

 4. 결혼 전에 세계여행 20개국 이상 다녀오기

 5. 라운딩은 해외 골프투어로

 6. 일본 5대 도시 가보기

 7. 외국 남자친구 사귀기

 8. 외국에서 3개월 이상 살아보기(일본, 홍콩, 쿠알라룸푸르)

 9. 짚라인, 번지점프 2번 하기

 10. 해외에서 스킨스쿠버 배워보기

 11. 내 이름으로 책 출간하기, 작가 되기

12. 독립해서 혼자 자유롭게 살기

13. 일본 사쿠라 축제 가서 벚꽃 보기

14. 유럽 크루즈 여행 가서 선상파티하기

15. 피트니스, 사우나 공간이 있는 서울 집 살기

16. 매일 운동, 반신욕하기

17. 매달 책 2권 이상 꾸준히 읽기

18. 요가, 필라테스 배우기

19. 새로운 동호회, 모임 활동하기

20. 학사 학위로 만족하기

21. 수영 배우기

22. 일본 노천온천 5군데 이상 가보기

23. 일본 기모노 입어보기

24. 내 사업 해보기

25. 의식 공부하기

26. 남자친구랑 해외여행 가기

27. 해외에서 운전해보기

28. 매일 명상하기

29. 몰디브에서 모히토 마시기

30. 나의 멘토 만나서 강연 들으러 가기

31. 스키장 상급코스에서 혼자 내려오기

32. 한 달 동안 운동에 초집중해보기

33. 남자친구랑 클럽 가기

34. 전망 좋은 전 세계 호캉스 다양하게 즐기기

35. 해외에서 매년 새해맞이 하기

36. 파리 에펠탑 앞에서 인생샷 남기기

더 많이 이루지 못한 아쉬움이 있지만 20대의 버킷리스트 중에서 이루어진 소소한 목록이다. 낯설고 힘들고 불편하고 불안했던 여정 속에 나는 성장의 시간을 통과할 수 있었다. 작은 꿈이라도 조금씩 이뤄가다 보면 어느새 큰 꿈에 근접한 자신을 발견할 수 있다. 꿈 100개보다 한 번의 실행과 행동이 더 강력하다고 믿는다. 당장 필요하지 않은 분야에도 관심을 가지고 경험을 쌓고 새롭고 다양한 경험에 도전하며 살고 있다. 내일 당장 죽어도 후회하지 않을 삶을 살기 위해 부단히 노력 중이다. 남은 버킷리스트는 진행 중이며 계속해서 꾸준히 이뤄갈 것이다. 그저 마음이 가는 대로 움직이고 행동했더니 작은 소원들이 하나둘씩 이루어져 있었다. 다음 소원은 제2의 인생의 시작, 행복한 결혼을 간절히 꿈꾼다.

나만의 방법으로 나만의 인생을 만들어가세요.

너무 조급해하지 말고 나에게 맞는 속도로 나답게.

- 미상 -

05

욕망이 있는 여자로 살기

　여자는 욕망이 있어야 하고 남자는 야망이 있어야 성공한다는 말이 있다. 내가 꿈꾸는 남자는 역시 꿈과 야망이 있는 남자다. 어떤 작은 것부터 변화를 시도하고 조금씩 성장해가는 모습이라도 참 아름답다고 생각한다. 스스로 생각한 꿈을 입으로 내뱉었으면 당장 조금씩이라도 시작할수 있는 작은 행동 하나가 큰 변화를 가져올 수 있다고 생각한다. 몸짱이되고 싶고 건강하기로 마음먹었으면 술을 줄이고 헬스장에라도 가서 움직여라. 반은 이룬 것이다.

　작년, 연말을 장식하는 방송국 시상식이 있었다. 헬스장에서 런닝을 하며 TV를 보는데 우연히 코미디언 박나래 씨의 대상 수상 장면을 보게 되었다. 나는 평소 박나래 씨를 좋아하고 응원했다. 그때 박나래 씨가 처음 말했던 수상 소감은 내 마음에 자극이 되었다.

"솔직히 이 상은 제 상이 아니라 생각했습니다."
"근데 너무 받고 싶었어요. (오열) 나도 사람이에요!"
"제가 키가 148cm이거든요. 너무 작죠?"
"저는 한 번도 제가 높은 곳에 있다고 생각도 안 했고 누군가 위에 있다는 생각도 안 했습니다."
"항상 거만하지 않고 낮은 자세로 있겠습니다."
"어차피 작아서 높이도 못 가요."

모두가 웃고 울었다. 나도 함께 울었다. 정말 너무 뭉클했다. 그녀의 솔직한 발언이 참 인상 깊고 매력 있었다. 작지만 당당한 그녀는 참 멋지다. 그것이 나와 닮은 점이라 굳이 말하고 싶다. 나도 아주 키가 작다. 어린 땐 굉장한 콤플렉스였다. 나도 작지만 당당한 매력을 갖고 있는 것이다. 순간 나도 언젠가 저런 무대에 서서 박나래 씨와 같은 멋진 말을 하고 오열을 토해내고 싶다는 생각이 잠시 머릿속에 스쳐 갔다. 그녀가 인정한 대상을 향한 욕망은 순수한 욕망이었다. 내가 그 욕망을 드러내면 어떻게 될지 걱정과 두려움부터 앞서던 시절이 있었다.

'말해놓고 못 이루면 어떡하지?'

'호들갑 떤다고 생각하겠지?'

'속으로 엄청 비웃겠지?'

대부분 우리는 그 욕망을 숨기며 빛을 보지 못하며 살고 있다. 남들의 시선과 편견들 때문에 나 자신이 진정 원하는 것을 포장하고 풀지 못하고 있다. 우리는 정말 많은 욕망들로 가득 채워져 있다는 것을 모르고 있다. 너무나 되고 싶고, 간절히 갖고 싶은 것이 무한대로 널려 있는 우리의 가슴속에 불을 지필 필요가 있다. 지금 현재를 만족하지 못해서가 아니라 더 많은 새로운 경험과 도전을 통해 인생을 즐겁게 살아보고 싶은 욕망이다.

나는 어릴 때부터 내가 먹고 싶은 것과 원하는 것을 당당히 말하지 못했다. 늘 새엄마가 시키는 대로 하지 않으면 미움을 받았다. 먹기 싫은 음식을 겨우 꾸역꾸역 먹다가 화장실에 가서 변기에 토한 적이 허다하다. 물을 마시고 싶어도, 배가 고파도 당당히 먹고 싶다고 말할 수 없었다. 그런 환경에서 자라서 어른이 되어서도 당당히 내가 원하는 것을 원한다고 말할 수 없는, 남들의 시선으로 만들어진 나로 살아가고 있었다. 어느 누군가의 눈치를 살펴보느라 정작 나라는 색깔을 찾을 수 없었다.

나는 아무것도 할 수 없는 아이니까 그냥 숨만 쉬며 살면 된다고 생각하는 고리타분한 인생이었다. 하고 싶은 것도 없고 열정도 없는 미지근한 물처럼 네 맛 내 맛도 없다. 참 재미없다. 그러다가 정말 더 바닥까지 내려가겠다 싶었다. 살아 있어도 나는 죽은 사람이나 다름없었다.

"여자는 얌전하게 있다가 시집이나 빨리 가서 아이 낳고 키우며 살림이나 하고 남편 내조 잘하는 게 장땡이다."라고 옛 어른들은 말한다. 무엇이 정답이라고 말할 순 없지만 아무런 욕망 없이 살아가는 여자들도 꿈을 가질 권리가 있다고 생각한다. 한 번뿐인 인생 내가 하고 싶은 거 하며 재미있게 살고 싶지 않은가.

'내가 감히 그걸 한다고?'

남들의 시선에 사로잡혀 막연한 두려움만 느끼는 건 너무 바보 같은 짓이었다. 나 같은 아이도 꿈이 있고 할 수 있다는 것을 보여주고 싶었다. 완벽한 집안, 완벽한 학벌을 가진 사람들만이 이 세상에 나와 즐기라는 보장은 없다. 애벌레처럼 작고 힘이 없지만 조금씩 꿈틀대다가 허물을 벗고 번데기가 되어 몸부림을 친다. 그 두꺼운 껍질을 벗고 세상 밖으로 나와 나비가 되는 과정을 한 번쯤은 느껴보자.

내가 원하는 것을 말하지 못하고 참고 있는 것이 겸손이라 생각했다.

진정한 바보다. 그런 바보에게 책과 여행은 못난 나를 변화시켰다. 나를 움직이게 했다. 야망보다 더 강한 나를 움직이게 하는 힘을 준 책, 그리고 여행이 아니었으면 내 안에서 진정한 나를 찾을 수 없었다. 생생하게 살아 있는 사람으로 변화시켜준 책과 여행은 내 손을 잡아준 참 고마운 친구다.

젊음은 한 번 지나가면 절대 돌아오지 않는다. 우리는 시간이 흐르면 누구나 늙는다. 누구나 한때 젊은 시절이 있었다. 젊은 시절 어떻게 살았느냐에 따라 우리의 노년도 달라질 것이다. 이 소중한 시간을 어떻게 활용하고 값지게 사용해야 할지 고민할 필요가 있다. 얼마만큼의 꿈과 욕망으로 만들어낸 추억을 기억하며 살아갈지는 각자의 몫인 셈이다.

나는 이루지 못한 꿈이 너무 많다. 아직은 많이 부족해 보이는 나다. 하지만 조금씩 내 안에 욕망을 캐내고 제자리걸음만 하는 나는 찾지 않기로 다짐했다. 최근에는 나의 욕구와 욕망을 적극적으로 표현하고 채우기 위한 노력을 절대 부정하지 않는다. 유대인들 중에는 강한 목적의식과 자신이 원했던 열정, 끊임없이 배우고 성장하려 하는 '지적욕망'이 강한 사람들이 많았다. 그 지식으로 부를 창조했고 확고한 신념이 있었기에 성공도 가능했다.

욕구라는, 그저 바라는 마음과 생각에서만 머물고 애써 움직이지 않았기에 결과를 바라볼 수 없었다. 그저 바라는 마음만 내 속에 간직하고 있었다. 바라는 무언가 있다면 움직여라. 사람들과 친해지고 싶다면 그들은 사랑하면 되는 것이고 살을 빼고 싶다면 열심히 움직이면 된다. 그것을 행하는 동안에 많은 배움과 성찰을 느끼게 될 것이다. 태어날 때부터 타고난 근본적인 욕구와 욕망, 부족한 것을 채우고 싶은 결핍 욕구와 욕망, 미래의 높은 나를 원하는 발전적 욕구와 욕망이 있다. 나는 지금 마지막 '발전적' 욕구와 욕망을 가장 많이 추구하고 싶은 것인지 모른다.

나는 희망을 주고 설득력 있는 따뜻한 힐러가 되어 내가 사랑하는 이들의 마음속에 강한 욕구를 불러일으키는 사람이 되고 싶다. 그들이 간절히 원하고 바라는 것이 무엇인지 알도록 도와줄 오아시스 같은 존재가 되어 꿈과 욕망이 없는 이들에게 큰 동기부여가 되어주고 싶은 순수한 꿈을 꾼다.

불가능을 받아들이지 말고 큰 꿈을 꾸세요.

자기 삶의 예언자가 되어 꿈을 이룬 자신의 모습을 끊임없이 떠올리세요.

그러면 당신의 상상은 현실이 됩니다.

– 김새해 –

06

행복은 항상 즐거운 상태일 것

사람이 즐겁고 행복하기 위해서 필요한 조건은 무엇일까?

최인철 교수님의 『굿라이프』를 읽었다. 행복의 본질 자체는 자유로움이라고 하는데, 행복을 위한 11가지 활동에 대해 이렇게 나와 있다.

1. 명상하기

2. 운동하기

3. 친절 베풀기

4. 자신에게 중요한 목표 추구하기

5. 감사 표현하기

6. 낙관적인 마음 갖기

7. 삶의 즐거움 만끽하기

8. 행복한 사람처럼 행동하기

9. 지금 이 순간을 음미하기

10. 스트레스를 이기는 효과적 전략을 사용하기

11. 타인과 비교하지 않기

행복한 사람은 소유보다 경험을 사는 사람이라고 했다. 우리를 가장 행복하게 하는 활동에는 여행, 운동, 수다, 걷기, 명상 등이 포함된다. 행복한 삶이란 여행을 자주하는 삶이다. 여행이 큰 행복을 주는 첫 번째 이유는 우선 일을 하지 않기 때문이다. 두 번째 이유는 다른 많은 경험, 특히 먹고 수다 떨고 걷고 노는 행위가 한꺼번에 일어나는 활동이기 때문이다. 일정, 숙소, 볼거리, 먹거리를 찾고 기획하는 일을 통해 자율성, 유능감, 관계의 유대감이 충족되기 때문이라고 한다.

캐나다 맥길 대학의 소니아 루피엥 박사의 연구 결과다. "삶이 어렵고 힘들 때라도 일상에서 일어나는 아주 사소하지만 기분 좋은 순간에 집중하고 긍정적인 일에 관심을 쏟는다면 즐거움을 이끌어 낼 수 있다." 기분 좋은 순간에 집중하고 즐거움을 이끌어 낼 수 있는 일은 여행하는 것만한 행위는 없을 것 같다.

화려함의 상징인 꿈의 도시 미국 라스베이거스에 여행을 갔었다. 여행을 사랑하는 여행 동호회 친구들과 함께 떠난 여행이라 그 어떤 여행보다 밝고 뜨거웠다. 그곳은 나를 감탄하게 하고 나에게 꿈을 준 아름다운 도시였다. 그냥 걷기에도, 산책하기에도, 카지노가 하고싶을때도 언제든 럭셔리한 느낌을 주는 호텔들의 천국이었다. 다양하고 화려한 건물로 가득했고 볼거리가 넘쳐났다. 바라보기만 해도 즐겁다. 정말 화려하고 다양한 쇼를 감상할 수 있었다. 무료인 벨라지오 호텔의 분수 쇼는 물을 이용해 시원한 쇼를 선보였고 미라지 호텔도 물과 불을 이용한 아주 뜨거운 화산 쇼를 보여주었다.

　라스베이거스의 3대 쇼로 벨라지오의 오쇼는 발레형식의 클래식한 공연이고 MGM 그랜드 호텔의 카쇼는 분장과 경공술이며 윈호텔의 르베르쇼는 다이빙이 높은 비중을 차지하는 쇼이다. 우리가 선택한 르베르쇼는 종합 서커스와 비슷해 보였고 엄청난 움직임에 입이 쩍 벌어질 정도였다. 정말 단 1초도 안 쉬고 움직인다고 들었다. 중간중간에 물과 불이 나오며 1분 1초도 놓치고 싶지 않은 비주얼이 너무나 아름답게 보였다. 서커스장 내부는 원형 서커스장으로 정말 웅장했다.

　주인공이 꿈속에서 겪는 일을 표현한 것이라는데 그 자체의 분위기는 신비스러웠다. 모든 타이틀이 '꿈'이었다. 제목과 내용과 분위기 모두 꿈

라스베가스 쇼

에 대한 내용이었다. 현실과 반대되거나 현실에서 이루지 못한 것을 간절히 원하다 보면 꿈을 통해 만나기도 하는데 현실에서 희망을 가지고 도전하라는 메시지를 담은 듯했다. 상상력을 뛰어넘는 화려한 공연을 통해 물과 불이 문화에 미치는 영향도 느꼈다. 그 잠시의 쇼를 통해 나는 굉장한 깨달음과 즐거움을 누릴 수 있었다.

쇼처럼 즐거운 인생은 없는 것 같다. 행복해지기 위해 나를 만들어내는 작업도 필요했다. 애써 웃음 지을 필요도 있었고 이 세상에서 내가 주인공이라 생각하며 끊임없이 대본 연습을 한다. 대본 연습을 집중하며 완벽한 연기를 위한 리허설도 필요하다. 그러다가 그 주인공이 실제 인물처럼 완벽하게 역을 소화해 낼 때 엄청난 결과가 나타난다. 인생도 마찬가지다. 행복한 사람처럼 상상하고 행동할 때 결국 진짜 행복한 사람이 되고야 만다. 행복하기 위해 적극적으로 노력해보는 자세가 매우 필요하다는 것이다. 그리고 상상은 창조의 시작이다.

라스베이거스 풀 파티의 뜨거웠던 현장도 잊을 수 없다. 하드락 호텔 풀장에서 드림나이트가 있었다. 가수 '싸이'도 하드락 호텔에서 공연을 한 적이 있다고 들었다. 모래사장이 있는 수영장 곳곳 신나는 클럽 음악이 퍼지는 호텔 풀 파티는 전 세계 각국의 늑대 여우들이 자신의 몸놀림을 자랑했고 그 열기는 엄청나게 뜨거웠다. 시원한 맥주와 칵테일 한 잔

씩은 기본으로 마셔가며 영혼을 다해 흔들어대기 바빴고 음악에 빠져 정신없이 춤을 추는 외국 사람들을 보며 남을 의식하지 않고 즐길 수 있는 여유를 느꼈다. 젊음과 밤의 도시 라스베이거스에서 절대 빠질 수 없었던 광란의 밤은 늘 설레는 즐거움의 연속이었다.

'대부분의 사람은 마음먹은 만큼 행복하다.'

이는 미국의 16대 대통령 링컨이 남긴 말이다. 나는 희망의 마음을 먹고 행복을 획득하기 위해 끊임없이 움직였고 노력했다. 과거의 아픔을 뒤돌아보지 않고 앞만 보며 앞으로 나아가기 위해 하루하루를 열심히 살아가기로 마음먹으니 행복의 씨앗이 보였다. 행동이 감정을 따르는 것 같지만 결국 행동과 감정은 병행한다는 것을 깨닫게 되었다. 이미 즐겁고 유쾌해진 것처럼 행동하고 말해라. 행복은 이미 옆에 기다리고 있다.

나는 '행복을 위한 11가지 활동'을 꾸준히 습관화하고 실천하기 위해 노력하고 있다. 사실 늘 행복할 수만은 없다. 인생이 항상 즐겁고 행복으로 가득하면 좋겠지만 현실은 인간관계로 마음의 상처를 받기도 하고 어려운 일들도 만나게 된다. 그런 슬픔과 기쁨의 오르막과 내리막의 장단이 있을 때 인생의 재미를 더 만끽하는 법이다. 대신 계속 즐거운 상태를 유지하는 법을 배우라는 것이다. 이왕 쓰는 말 예쁜 말 기분 좋은 단어만 사용해보자. 지금 옆에 있는 어느 누군가에게 살짝 미소도 보내고 그들에게 사랑한다는 말 한 마디로 분위기가 달라질 수 있다. 나 또한 그랬다. 우울함과 힘듦의 연속에서 살고 싶다기보다 차라리 죽고 싶다는 마음이 먼저 들었다.

즐거움을 계속 느끼기 위해 즐거움을 야기하는 자극이 더욱 커져야 한다.

'소유소비'를 하는 형편이 상대적으로 넉넉한 사람들에 비해 크게 여유롭지는 못하지만 '경험소비'에서 나는 매우 풍족하고 행복감을 느낀다. 지금 이 순간 진심으로 행복한지를 묻는 질문을 받는다면 나는 0.1초의 고민 없이 "Yes"라고 대답할 것이다.

나는 언제부턴가 소유보다 경험을 사는 것에 집중했다. 경험에 의한 소비에는 아끼지 않았다. 경험에 의한 소비란, 소비의 결과물로 물건이 생기는 것이 아니다. 추억과 경험이 생기는 소비를 지칭하는 것으로 책이라는 물건을 사면서 '지식을 저장하는 경험'을 산다고 하는 것과 같다.

행복한 사람은 소유보다는 결국 경험을 사는 사람이다.

- 최인철 -

07

사랑해요 아빠 그리고 엄마

사는 동안 나는 원망으로 가득 차 있었다. 한때는 죽는 것도 나쁘지 않겠다는 생각도 했다. 내 눈에 피눈물 나게 만든 나를 이 세상에 보내준 친엄마, 아빠, 새엄마 모두 내 인생의 방해물이라 생각했다. 내 인생이 너무 억울했다. 비참한 나날을 보내야 했던 순수한 어린 시절을 떠올리면 이가 갈렸다. 나를 찾는 길이 필요했다.

나는 정말 매일매일 불안정했다. 주변 사람들은 지나치게 밝아 보인다고 했지만 과거의 나는 실제로는 억지로 버티고 있었다. 나를 찾아가는 여정 속에 내 안에 찌꺼기를 버리는 작업이 절실했다.

내 가슴에 깊이 박힌 응어리를 풀기 위해 미친 듯 발버둥 쳤다. 나를 많이 힘들게 했던 사람들, 그래서 내가 죽도록 미워했던 사람들, 가장 아끼고 사랑해야 할 가족이 난 너무 증오스러웠다. 사랑하는 한 남자의 여자로 산다는 것, 그 아름다운 스토리 뒤에 또 다른 불행이 있었다. 같은 여자의 입장으로 바라보면서 조금씩 알 것 같다. 두 여자 사이에 아빠는 나쁘기도 했지만 제일 불쌍한 사람이기도 했다.

새엄마와 아빠 사이에는 이미 첫째 딸이 있었다. 어떤 이유로 이별했는지 알 수 없지만 어찌 됐든 그들에겐 사연이 있었다. 나의 친엄마는 20살 철부지 나이에 영문도 모른 채 나이차가 조금 있는 아빠를 만나 결혼을 했다. 알고 보면 난 세컨드의 자식인 셈이다. 아직도 나의 부모 3명의 스토리는 미스터리이다. 알고 싶지도 묻고 싶지도 않다.

친엄마와 이혼 후 새엄마의 질투로 인한 잔인한 학대 속에 지옥 생활은 이어졌고 그 고통을 덜기까지 난 많은 시간이 걸렸다. '몸 안에 독소가 쌓이듯 마음속에 고통, 미움, 절망, 슬픔이 쌓이면 독소 같은 응어리가 생겨 마음의 병을 앓게 된다.'라는 말이 있다. 난 이제 그 지긋지긋한 응어리를 버리는 작업 중이다.

한순간의 잘못된 선택이 여러 사람을 고통으로 몰아간다. 그래서 난 평생 함께할 동반자를 선택하는 것이 쉽지 않았다. 결혼이라는 제2의 인생의 비극이 시작될까 봐 늘 두려웠다. 친구들이 시집가서 아기 낳고 잘 살고 있을 때 나는 하고 싶은 걸 한다는 핑계로 여기저기 발만 담그고 도망쳤다. 내가 무엇을 잘할 수 있는지, 무엇을 원하는지도 몰랐다.

대신 또래 친구들이 앞을 향해 달려갈 때 나는 천천히 세상의 다양한 길을 걸으며 인생의 지혜를 쌓아갈 수 있었다. 인간의 밑바닥부터 강인함까지 체험하겠다고 스스로 시험했다. 여행은 일상의 소중함을 되새기는 일이다. 마음을 열고 다름을 인정하고 그 속에서 나는 미움을 버렸다. 여행이 아니면 알 수 없는 것들이 생각보다 많다. 일단 떠나보는 것 자체가 용기를 주는 것 같다.

사람은 자가 치유할 시간이 필요하다. 혼자 있는 시간을 가져보길 권한다. 혼자서 고독을 음미하고 사색을 하는 게 나도 몰랐던 나를 끊임없이 발견하는 여행이었던 것 같다. 어찌 보면 타국을 떠나 거기서 고생을 하고 혼자 있는 시간이 있기에 가능했다. 자기 자신을 돌아볼 시간 없이 산다는 건 소화기관을 막고 있는 것과 다름없다. 사색하고 반성하고 성찰하기를 반복하다 보면 결국 감사라는 꽃이 핀다.

나는 지금 이 순간 너무 행복하고 감사하다. 비록 아직 무언가에 성공한 사람은 아니지만 마음속 풍요만은 성공했다고 말하고 싶다. 인생 경험을 많이 하다 보면 이해의 폭이 넓어진다. 인생을 덜 고통스럽고 혼란하게 사는 지혜를 알았다.

난 상처투성이, 원망투성이, 피해의식이 가득했던 부정적인 아이였다. '집안 환경이 좋았다면 난 더 멋진 삶을 살 수 있었는데 집구석 때문에 모든 게 다 망쳤어.'라는 쓸데없는 말은 더 이상 하지 않겠다. 결국 모든 원인이 내 안에 있다는 걸 깨달았다. 남을 원망하는 것을 중단하고 올바르게 살아가면 인생은 아름답고 단순하다. 뒤늦게라도 아이의 좌절된 욕구와 위로받지 못한 감정을 이해해주는 대화가 이루어진다면 아이의 애착 손상은 충분히 회복된다. 욕구를 회복시켜줄 뿐 아니라 이전과는 다른 내가 되려 한다.

나를 이 세상에 보내준 친엄마, 비록 그 따뜻한 품속에서 자라진 못했지만 이 세상 어딘가에 살아 계신 것만으로도 너무 감사하다. 엄마를 닮아 영혼이 맑고 천성이 착하게 태어난 걸 늘 감사하게 생각한다. 나를 그토록 미워하고 학대하신 새엄마, 내가 사랑하는 아빠 곁에 늘 함께해주셔서 감사하다. 우리는 정이 뭐라고 미운 정 고운 정 다 들어버렸다.

이번 명절에 부모님을 뵈러 다녀왔다. 아침에 제사를 지내고 식구들이다 같이 모여 아침밥을 먹는 중에 새엄마의 치아 2개가 빠져 있는 모습이 눈에 들어왔다. 이유를 물어보니 임플란트를 하기 위해서 치아를 뺐다고 한다. 그 얘기를 듣고 나니 새엄마의 얼굴이 예전보다 생기가 없어 보였다. 세월에 장사 없듯이 새엄마도 나이를 이기지는 못하는 것 같아서 마음 한구석에서 안타까움이 올라왔다. 기세등등했던 새엄마의 모습과 지금의 모습이 겹치면서 그동안 느끼지 못했던 아픔과 연민의 감정이 생겨났다.

"모든 게 다 아비 탓이다." 아빠 자신을 매번 자책하시며 마음으로 평생 울었던 아빠, 이제는 자책하지 말고 그 누구의 눈치도 보지 않기 바랄 뿐이다. 모두 아빠 탓 아니니까 남은 인생 당당하게 하고 싶은 거 하면서 우리 가족 행복하게 살았으면 하는 바람이다. 우리는 어쩔 수 없는 운명이었다고 생각한다. 늦둥이 딸 끝까지 버리지 않고 손 꽉 잡고 놓지 않으신 것 정말 감사하고 꼭 효도하며 함께 오래오래 살고 싶다.

이 세상에 존재하는 어린아이들을 가슴 아프게 했던 어른들에게 말하고 싶다. 무책임한 당신들의 절제력 없는 행동과 폭언이 힘없는 어린아이에게 평생 씻을 수 없는 상처로 남아 살아갈 거라고. 그 아이들도 보호받을 권리는 있다고. 더 이상 책임지지 못할 행동은 이제 그만하길 바란다. 난 그런 아이들에게 꿈과 희망을 주는 사람이 되고 싶다. 그들의 도전과 변화를 응원해줄 것이다. 힘들면 위로보다 함께 부둥켜안고 펑펑 울어주는 따뜻한 엄마처럼 그 마음을 충분히 이해하고 안아주는 그런 어른이 될 것이다. 아이들에게 따뜻한 위로와 힐링이 되기 바란다.

내 힘으로 행복하게 살아가는 방법은 분명히 있다. 나를 움직이고 나를 일으켜 세운 따뜻한 이유들이 분명히 있다. 단지 그것들을 보지 못하고 발견하지 못한 것이다. 행복은 추구하는 것이 아니라 발견하는 것이다. 자신의 주위에 떠돌아다니는 행복을 발견하는 것은 남의 노력으로 되지 않는다. 스스로 발견해야 한다. 시련과 고난에 지쳐 쓰러지기 직전이라면 잠시 멈춰 자신을 돌아보기 바란다. 그러면 매우 큰 행복이 아닌 아주 사소한 행복이라도 발견할 수 있을 것이다. 그 행복을 디딤돌 삼아다시 일어나면 된다. 그것만으로도 행복의 씨앗을 발견한 것이다. 그것이 스스로를 축복하는 인생을 사는 기초가 될 것이다.

나는 이를 갈고 증오로 가득 찼던 더 이상 못난 반항아가 아니다. 이젠 모든 걸 내려놓고 진실한 미소를 지을 여유가 생겼다. 가슴이 시키는 일을 하기로 했다. 내 가슴에서 나온 진실을 말하고 있는 그대로 나를 응시하며 나 자신에게 더 솔직해지기로 했다. 모든 사람 앞에서 솔직하게 감정을 표현해야 영적 성장이 이루어지고 내가 편하게 살 수 있을 거라 생각한다. 이 세상엔 사연 없는 사람은 아무도 없다. 모두가 힘들고 서럽고 억울하고 원망스럽다. 그런 시련은 기회이며 벼랑 끝에 선 자가 가장 강해질 수 있는 법이다. 여행이 모든 걸 해결해주진 않았지만 무언가를 얻는 것은 확실한 사실이다. 그러니 반드시 자신을 위해 여행하고 자신을 위해 잠시 멈춰서 자기를 돌아보기 바란다.

원망과 미움을 품고 살았던 시절에도 결국 내 인생은 나 자신이 만드는 것이었다. 나의 기나긴 여정을 감사로 마무리한다. 책에는 내가 말하고 싶은 10분의 1도 담아내지 못해 아쉽지만 많은 공부가 되었다. 비우고, 버리고, 또 채우는 여행 속에서 나는 과거로부터 자유로워졌다. 그리고 앞으로 나아간다. 이제야 홀가분히 시작할 수 있겠다. 그토록 원망스럽고 미웠던 그들을 기쁘게 해주기 위해 살아가는, 잘 보이기 위해 노력은 하지 않겠다. 결국 이 모든 관계는 축복이었다고 생각한다. 평생 적으로 생각했던 나의 부모, 이제는 '사랑'이라 말한다. 그대들이 없었으면 지금의 나는 없었다. 여행의 경험이 쌓이면서 이제야 나는 진정한 인생을 배웠다. 이 글을 쓰기까지 고군분투했던 지난 나의 여정에 다시 감사를 표한다. 결국 중요한 것은 내 안의 나를 사랑해주는 것이었다. "내 인생아, 열심히 살아줘서 너무 고맙다. 그리고 정말 사랑한다."

나보다 몇 배 더 예리한 눈과 독특한 렌즈로

세상을 볼 줄 아는 누군가의 여행 이야기를 듣는 것

또한 나를 성장시키는 일임을 깨달았습니다.

- 최인아 -

길에서 만난 깨달음

너무 완벽하지 않아 인간미가 있지만 허술한 구석이 있는 이 글을 마지막까지 읽어주신 독자 여러분들께 깊은 감사와 사랑을 보낸다. 이런 부족한 나도 진심 어린 글을 쓸 수 있구나! 참으로 놀랍다. 나 또한 이 글을 쓰는 동안 정말 많은 공부가 되어 스스로에게도 감사하다. 살아오면서 순간의 소소한 행복들, 뼈아픈 고통과 슬픔, 뜨거웠던 열정으로 경험을 저축한 것이 이렇게 내 인생의 가장 값진 보물이 될 것이라곤 상상조차 하지 못했다.

이 세상은 떠남과 머묾의 반복, 드러냄과 숨김의 균형으로 우리는 필요한 순간에 길을 바꿀 능력이 있었다. 내 인생이 어느 순간 저 바닥 아래까지 왔다고 생각되었던 때가 있었다. 살아가야 하는 의미를 모른 채로 살 때, 미래가 불안하고 캄캄할 때, 모두 다 놓아버리고 싶을 때, 다른 길을 찾기 위해 나는 무작정 떠났다. 어디든 나서야 마음이 풀릴 것 같았다. 카드 한 장과 내 영혼만 실은 채….

인생은 저지름이라 생각한다. 나는 어릴 적 새엄마에게 잦은 구타를 당하면서도 저지르고 싶은 것은 했던 것 같다. 무언가 생각 없는 저지름에 누군가의 비난과 시기의 대상이 될까 두려워 스트레스 받으며 제자리걸음으로 살 필요는 없다. 내 인생은 남이 살아주지 않으니….

결국 나에 대한 편견들을 바꾸는 것도 나의 몫이었다. 죽을 만큼 힘들어서 버티기 힘들 때는 아무 생각도 하고 싶지 않았다. 그럴 때는 머리도 비우고 몸도 비웠다. 모두 다 버렸다. 그러고 나서 아무 것도 없는 빈 잔을 다시 채우는 건 수월했다. 그러다 어느새 내가 갈 수 있는 또 다른 새로운 길이 보이기 시작한다.

인생의 여행길에서 새롭고 다양한 사람들을 만났다. 여행을 하는 동안 만났던 모든 이들은 나에겐 배움이자 스승이었다. 내가 다시 성장하는 삶을 찾을 수 있게 용기를 냈던 선택이 내 인생에서 가장 잘한 일이라 생각된다.

어느 누구에겐 비록 소소할 수 있는 20개국 세계여행은 내 인생에 진정 값진 시간들이었다. 활동과 휴식, 음과 양의 균형을 이루듯 무작정 열심히만 살기엔 세상은 너무도 넓고 배울 것이 많다. 열심히 일을 했다면 그만큼의 휴식이 필요하다. 흥미진진한 경험을 하며 새로운 세상을 알아가는 일은 진정 가슴 뛰는 일이다. 명문대나 대기업을 가지 않아도 금수저가 아니어도 딱히 내세울 것 없는 무스펙일지언정 우리는 충분히 즐겁고 행복한 삶을 살 수 있다.

일만 열심히 하다가 20대 젊은 나이에 하늘로 떠난 나의 친오빠가 늘 내 가슴속에 남아 있다. 너무 불쌍하고 안타까운 나의 오빠가 늘 그립다. 한번뿐인 인생이다. 호기심 많은 이 세상 젊은 청춘들에게 다시금 전하고 싶다. 인생은 속도가 아니라 방향이 중요하다는 걸.

빠르게 무언가를 성취하려 애쓰지 않아도 된다. 힘이 들면 힘들다고 말하고, 잠시 내려놓고 쉬어가도 좋다. 쉬어가며 더 많은 세상을 바라보자. 그 쉼은 오히려 내 삶을 이끌어갈 수 있는 용기와 마음속 풍요, 에너지로 가득 채워준다.

"가끔은 천천히 쉬어가도 괜찮습니다. 쉼표의 매력을 만끽하세요!"

그 누구의 삶에 빛이 되어주고 싶다. 행복 바이러스를 전파시키는 메신저가 되어 솔직담백한 이 글이 마음의 치유가 필요하고 뼛속 깊이 상처 난 채, 내면아이가 울고 있는 이들에게 따뜻한 위로와 꿈과 희망을 주기를 원한다. 부디 그대의 아픔이 치유되기를 바란다.